Meine sehr italienische Familie

D1849828

Das Buch

Daria Bignardi ist eine Frau, die mitten im Leben steht: Mitte vierzig, verheiratet, zwei Kinder, eine der erfolgreichsten Fernsehjournalistinnen Italiens. Im Sommer 2007 stirbt plötzlich ihre Mutter. Daria kommt zu spät ans Sterbebett. Und ihr wird klar, dass kein Mensch auf der Welt ihr jemals wieder eine solch bedingungslose Liebe entgegenbringen wird wie ihre eigene Mutter.
Ausgelöst durch den Tod von Giannarosa, erinnert Daria sich an ihr ganz persönliches »Familienlexikon«, diesen so besonderen Code aus Worten und Gesten, der jede Familie einmalig macht. Sie erzählt die Geschichte einer ganz normalen und doch so einzigartigen Familie und von all den Kleinigkeiten, die eine Familie zu dem machen, was sie ist. Daria schreibt von den republikanischen Großeltern, dem Einfluss des Faschismus, dem »heiligen« Onkel, dem Landsitz ohne warmes Wasser, Ferrara, Bologna, dem Nebel der Po-Ebene ... Alles – Personen und Orte – hat seine Spuren hinterlassen. Und obwohl dieses Buch mit dem Tod beginnt, spricht es vor allem vom Leben und von der eigenen Familie.

Die Autorin

Daria Bignardi, die bekannteste Fernsehjournalistin Italiens, wurde 1961 in Ferrara geboren. Heute lebt sie mit ihrer Familie in Mailand. Für ihr erstes Buch *Meine sehr italienische Familie* erhielt sie den Premio Rapallo Carige.

Daria Bignardi

Meine sehr italienische Familie

Roman

Aus dem Italienischen
von Esther Hansen

List Taschenbuch

Besuchen Sie uns im Internet:
www.list-taschenbuch.de

MIX
Papier aus verantwortungsvollen Quellen
FSC® C083411
FSC www.fsc.org

Ungekürzte Ausgabe im List Taschenbuch
List ist ein Verlag der Ullstein Buchverlage GmbH, Berlin.
1. Auflage Januar 2012
© für die deutsche Ausgabe Ullstein Buchverlage GmbH,
Berlin 2010/List Verlag
© 2009 by Arnoldo Mondadori Editore S.p.A., Mailand
Titel der italienischen Originalausgabe: *Non vi lascerò orfani*
(Mondadori, Mailand, 2009)
Umschlaggestaltung: bürosüd°, München
Titelabbildung: © Simone End/Getty Images/DEA PICTURE LIBRARY
Satz: Pinkuin Satz und Datentechnik, Berlin
Gesetzt aus der Berkeley
Papier: Munken Print von Arctic Paper Munkedals AB, Schweden
Druck und Bindearbeiten: CPI – Clausen & Bosse, Leck
Printed in Germany
ISBN 978-3-548-61078-8

Für Donatella.
Für Luca, Ludovico und Emilia.

ERWACHSENE WAISEN

Auf den Schmerz war ich gefasst. Seit vierundzwanzig Jahren, seit dem Tag, als mein Vater starb. Ja, länger noch: seit sie mir gleich nach dem Abitur sagten, dass er krank war, und ich davonlief.

Nach Ferrara kehrte ich erst wieder in der Nacht zurück, als er starb. Und jene Nacht verbrachten wir zusammen.

Es ist schön, bei einem Sterbenden zu sein.

In jener Nacht schien es mir, als gebärte ich ihn selbst, während mein Vater unter Schmerzen von mir ging: keineswegs friedvoll, keineswegs stark, sondern menschlich wie Jesus am Kreuz.

Bei ihr kam ich eine halbe Stunde zu spät, nachdem ich mein ganzes Leben lang nicht von ihrer Seite gewichen war, auch wenn wir schon Jahre nicht mehr zusammenwohnten.

Ich bin die Tochter alter Eltern, was meine Mutter mir von klein auf wiederholte. Es bedeutete, ich würde früh auf eigenen Füßen stehen müssen, was ich auch tat. Sie sagte das, um sich selbst *zum Opfer zu machen*. In Wirklichkeit hätte sie gerne bis zu meinem Fünfzigsten für mich gesorgt, wenn sie gekonnt und ich sie gelassen hätte.

Meine Mutter hieß Giannarosa, doch mein Onkel Ferruccio nannte sie immer augenzwinkernd »la Gennerosa«, die Großzügige, ihrer üppigen Reize und vor allem ihres typisch romagnolischen Wesens wegen, impulsiv und irrational.

Von dem Tag an, als ich mit dreiundzwanzig Jahren nach Mailand zog, telefonierten wir jeden verdammten Morgen bis spätestens zehn Uhr miteinander. Meine Schwester Donatella und ich sagten immer, meine Mutter sei schlimmer als die CIA. Sie spürte mich in Asien auf, in Amerika, in Sarajevo während des Krieges, auf einer Insel ohne Telefon. Wo ich auch war, wir schafften es immer, dass entweder sie mich oder ich sie anrief, selbst lange vor der Erfindung des Handys.

Jahrelang habe ich nachts davon geträumt, meine Mutter anrufen zu müssen und kein Telefon zu finden. Nicht dass wir großartige Gespräche geführt hätten, sie wollte sich nur vergewissern, dass es mir gutging, dass ich in der Nacht nicht durch austretendes Gas oder einen Serienmörder umgekommen war.

Als dann meine Kinder auf der Welt waren, wollte sie kontrollieren, ob auch sie noch am Leben waren.

Wir sahen uns alle zwei Monate, außerdem immer an Weihnachten und an ihrem Geburtstag. Dabei redeten wir nicht viel miteinander – ich konnte ihr ja fast nichts erzählen, aus Angst, dass sie dann *in Sorge* wäre –, und so berichtete ich nur von den schönen Dingen, oder versuchte es zumindest.

Da ich nie ein besonders positiver oder lustiger Mensch gewesen bin, ist mir das wahrscheinlich nicht gelungen. Ich brachte ihr Bücher und Geschenke mit, wir saßen in der Sonne und aßen, lauschten dem Geplapper der Kinder.

Wir hatten ein sehr inniges Verhältnis, das tief in der Kindheit wurzelte.

Als ich klein war, waren wir immer zusammen. Sie gab mich nicht in den Kindergarten, angeblich damit ich vormittags schlafen konnte, in Wirklichkeit wollte sie die Trennung so lange wie möglich hinausschieben.

Sie war Lehrerin und brauste morgens um acht wie eine Furie in ihrem weißen Fiat 500 davon. Um fünf nach acht war sie schon in der Schule – Ferrara ist klein.

Ich blieb zu Hause bei Rosa, der Putzfrau. Die schloss sich eines Tages aus, als sie auf der Dachterrasse des Mietshauses mit mir zusammen Wäsche aufhängen wollte. Um wieder hineinzukommen, ließ sie mich von dort oben hinab, damit ich durch ein Fenster einsteigen konnte. Als meine Mutter davon erfuhr, wäre sie vor Schreck fast gestorben, doch entlassen konnte sie Rosa nicht, denn wer hätte dann auf mich aufgepasst? Die einzige noch lebende Oma wohnte in Bologna, meine Schwester Donatella ging aufs Gymnasium, mein Bruder Micione war ein Kater, und mein Vater war als Futtermittelvertreter mit seinem Fiat 1500 stets in den Ställen der Poebene unterwegs, den Kofferraum vollgeladen mit Tierfutter und Kundengeschenken in Form von Schlüsselanhängern, leeren Keksdosen, Notizbüchern, Patronen für sein Jagdgewehr …

Das ist der Tod, abgesehen davon natürlich, dass der Verstorbene nicht mehr da ist: das Leben mit all seinen Erinnerungen.

Und Liebe. All die Liebe, die derjenige, der gestorben ist, uns gegeben hat, ob er nun gut war oder böse.

Deshalb leiden wir so, wenn unsere Eltern sterben: Wir wissen genau, dass uns nie wieder jemand so lieben wird.

Deshalb weinen wir so jämmerlich.

Wenn sie an einer Krankheit sterben, ist es ein langes Ringen. Wenn sie unerwartet sterben, ist es ein Dolchstoß ins Herz. Dir fehlt ein Teil, und du kannst dir nicht vorstellen, ohne ihren Blick auf dich weiterleben zu können. Ohne die Möglichkeit, jemanden glücklich zu machen, nur indem du ihn anrufst, indem du lächelst, indem du an ihn denkst, durch eine kleine Geste, die dich nichts kostet, nur indem du zufrieden bist. Nur indem es dich gibt.

Du begreifst, dass das Einzige, was im Leben zählt, die Liebe ist. Die Liebe, die du dem schenkst, der sie braucht, seien es nun deine Kinder, deine Großeltern oder jemand, dem du auf der Straße begegnest. Dass es richtig ist, freundlich und geduldig zu sein, denn all das, was wir nicht gegeben haben, wiegt viel schwerer als das, was wir dadurch vielleicht eingebüßt haben: Zeit, Spaß, Ruhe.

Du bildest dir ein, dass du nun, wo du es begriffen

hast, dein restliches Leben damit verbringen wirst, deinen Nächsten zu lieben.

Vielleicht wirst du es tun. Vielleicht auch nicht.

MICIONE, DER SCHWANZ

Ich heiße Daria Maria Atala Oliviera und wurde am Valentinstag in der Quisisana-Klinik in Ferrara geboren.

Mama brachte mich flugs auf die Welt, *ohne hinzusehen*. Und wie alles, was sie *ohne hinzusehen* tat – in aller Eile und oberflächlich, wie ihren berühmten Braten, den sie *ohne hinzusehen* mit Öl, Knoblauch und Rosmarin in den Schmortopf warf –, bin ich ihr gut gelungen.

Blau angelaufen, die Nabelschnur um den Hals, dunkel, haarig und leicht schielend, aber gesund und munter. Mit sehr guten Reflexen.

Was für ein Organ, kommentierte die Schwester mein kräftiges Gebrüll und gab mir zur Beruhigung ein in Zuckerwasser getränktes Stück Mull zum Saugen.

Was für ein Gegacker, sagten Mama und meine Schwester, wenn ich als Jugendliche beleidigt und unter lautstarkem Protest davonstolzierte.

Capise, sagte mein Papa am Telefon zu seinen Kunden: »Es handelt sich nur um wenige Tage, *capise*.«

Er war, wie schon gesagt, Handelsvertreter von

Tierfutter. Hauptsächlich für Kaninchen. Aber auch für Hühner, Kälber und Schweine.

Abends nach dem Essen riefen die Kunden bei uns zu Hause an, meistens Züchter aus dem Veneto, und Donatella und ich wetteiferten darum, den Hörer abzunehmen in der Hoffnung, es möge *Contadin Fortunato* dran sein.

Fortunato, der Glückliche, war sein Vorname, und *Contadin*, Bauer, sein Nachname, und immer sagte er am Telefon in einem Atemzug: »Hallo hier spricht Contadin Fortunato ist der Herr Ludovico zu Hause?« Ich und Donatella stießen uns dann mit dem Ellbogen an und riefen unter ersticktem Lachen: »Paaapaa, Contadin Fortunato ist am Telefooon!«

Bis heute genügt uns die leiseste Erwähnung von Contadin Fortunato, den wir übrigens nie persönlich kennengelernt haben, um sogleich wieder Tränen zu lachen. Wir stellten uns vor, wie er auf seinem Traktor saß: eine weiße Schirmmütze auf dem Kopf, in Unterhemd, ausgeblichenen kurzen Hosen und Arbeitsschuhen, die Wangen gerötet und rundherum glücklich.

Papa fuhr von morgens bis abends in seinem Fiat 1500 über die nebligen Straßen der Tiefebene Ferraras und machte Kundenbesuche.

Ich brauche bequeme Sachen, ich gehe in die Ställe, erwiderte er, wenn wir ihn davon überzeugen wollten, sich etwas *moderner* zu kleiden.

Er trug stets eine graue Fischgrätjacke, darunter ein weißes Hemd und einen braunen oder bordeauxfarbenen Wollschlips, eine blaue Wollweste, eine graue Hose und schwarze Slipper. Auf seine Weise sah er elegant, aber immer ein wenig zerknautscht aus.

Ich brauche bequeme Sachen, ich gehe in die Ställe, sagte er und kleidete sich, wie er wollte.

Im Sommer trumpfte er mit schwarzen oder beigefarbenen Polohemden auf, und am Strand trug er blaue Shorts Größe XL, braune Badelatschen und Hüte mit Lochmuster.

Im Winter zog er unter den schweren Fischgrätanzug Wollhemd und lange Unterhosen, wie die Cowboys, weil ein Mantel im Auto *»lästig ist, einfach unbequem«*.

Bequem und *unbequem* waren die Parameter, auf denen der Kleiderstil meines Vaters basierte.

Außer an den Tagen, wenn er am Pantheon die Ehrenwache halten musste – Monarchistenangelegenheiten – oder einen Galaabend bei einem seiner geheimnisvollen Ritterorden besuchte, eine seiner zahlreichen Leidenschaften. Dann zog er aus dem Metallschrank auf seiner verglasten Veranda dunkle Gewänder hervor, Kreuzumhänge und Medaillen und warf sich in Paradeuniform.

Beim Referendum vom 2. Juni 1946 hatten meine Eltern für die Monarchie gestimmt, wie fast die Hälfte der Italiener, und sie waren sehr enttäuscht gewesen, als die Republik gewonnen hatte. Ich habe nie verstanden, wie aus den Kindern zweier glühender Republikaner, wie meine Großväter Dante und Oliviero es waren, Monarchisten hatten werden können: Vielleicht war dies ihre Art, sich gegen die Eltern aufzulehnen.

Allerdings beschränkte sich ihre Treue zur Monarchie darauf, auf den Schreibtisch ein gerahmtes Porträt von König Umberto zu stellen, auf dem mit blauem Stift die Widmung »Für Ludovico Bignardi, Umberto« stand.

Papa war ein schöner Mann.

Er hatte die Schlitzaugen der Bignardis, aber in Blau, und einen verträumten Blick.

Als junger Mann war er sehr dünn gewesen, und auf den Fotos in Soldaten- oder Jägermontur lächelt er verführerisch ins Objektiv. Er wirkte wie ein Schauspieler, dabei war ihm sein Äußeres völlig egal. Mit vierzig wog er sogar über hundert Kilo, ohne dadurch an Ausstrahlung einzubüßen.

In ihrer Jugend galten er und sein Bruder Giuseppe, genannt Fifo, die Söhne des Veterinärs von Castel San Pietro, als die schönsten Burschen im Dorf. Und sie waren Rebellen, aber Rebellen im damaligen Sinne des Wortes – jugendliche Abenteurer, die die Mädchen beeindrucken wollten. Die Familienlegende besagt, dass sie sogar Heu vom Gut verscherbelten, um ihre Spielschulden zu bezahlen.

In der Familie wurde häufig und unter beifälligem Gelächter über ihre jeweils neusten Eroberungen gesprochen.

Papa gefielen die Frauen generell, und er fand es schlicht rüpelhaft, sich nicht allen Frauen gegenüber galant zu verhalten. Über Zita, eine kleine und hakennasige Freundin von Mama, sagte er, sie sei *un bel dunèn*, ein hübsches Fräulein. Und wenn er ihr die Hand küsste, schaute er ihr tief in die Augen. Ebenso bei Ottavia, einer Lehrerkollegin mit den leicht pferdehaften Zügen einer englischen Lady, oder bei Gladys mit den dicken Brillengläsern und den kräftigen Beinen. Sie dankten es ihm, indem sie in seiner Anwesenheit dahinschmolzen und sagten: »Ach, wie liebenswürdig dein Vico doch ist, Gianna. Immer ein Gentleman.«

Wann immer er *von wegen Nebel* über Nacht nicht nach Hause kommen konnte, neckten Donatella und ich unsere Mutter: »Wenn da mal kein fesches Bauernmädel dahintersteckt …«

Doch Mama schien sich keinerlei Gedanken über Papas mögliche Untreue zu machen, und wenn die Verwandtschaft über seinen zweifelhaften Ruf witzelte, hörte sie amüsiert zu.

Sein Bruder Fifo und Onkel Ferruccio, sein Schwager, nannten ihn den *Champion im Hochsprung mit und ohne Stab*. Mein Vater machte teils bei den Frotzeleien mit, teils ließ er durchblicken, dass keine ihm so gefiel wie Mama, teils hielt er sich bedeckt.

So wie ich ihn in Erinnerung habe, als Fünfzigjährigen, gefiel Papa vor allem eines, nämlich seine Arbeit. Abends kam er um acht nach Hause, und nach dem Essen schloss er sich in sein Büro ein, um die Bestellungen zu notieren.

Sein Büro befand sich in der verglasten Veranda und war ein rechtes Kabuff, in das neben dem mit Papieren beladenen Schreibtisch gerade mal ein helles Holzregal für die Hängeordner passte, ein grauer Metallschrank sowie ein altes Möbel aus dunklem Nussbaumholz, auf dem sich einfach alles sammelte: vom Staubsauger bis zu den Koffern, vom Ventilator für den Sommer bis zu einer Perücke von Mama, von nie aufgehängten Bildern bis zur Waschpulvertonne, von Miciones Reisekäfig bis zum Plastikweihnachtsbaum.

Die Veranda ähnelte also eher einer Abstellkammer, trotzdem hatte er dort all seine Auszeichnungen an die Wand gehängt: die Ernennung zum Gran Balì des Souveränen Ritter- und Hospitalordens vom Heiligen Georg in Kärnten, die Würdigung der Handelskammer für seine Verdienste als Handelsreisender, die Ernennung zur Ehrenwache des Pantheons und diverse kleinere Rahmen mit Verdienstkreuzen und Ehrenmedaillen aus den Weltkriegen.

In einer eckigen Kunststoffdose für Kaffeepulver aus den Siebzigern bewahrte er seine unzähligen Mitgliedsausweise verschiedener Vereine auf: von der Union der Goldlegion bis zur Bruderschaft Garibaldi, vom Verband der Afrikaveteranen bis hin zur Liberalen Partei und sogar den Radikalen.

Er litt sehr darunter, keinen Hochschulabschluss zu haben – seinerzeit zählte ein Diplom noch etwas –, und als er auf die sechzig zuging, legte er sich eine Reihe von Ersatzhobbys zu: Wappenkunde und Ritterorden, aber auch Vereine von ehemaligen Kriegsteilnehmern, Veteranen und Monarchisten, die sich einmal im Jahr zur Ehrenwache an den Königsgräbern in Rom trafen.

Ich habe den vagen Verdacht, dass auf der Veranda auch die Kiste für Miciones Notdurft stand, aber vielleicht irre ich mich. Wahrscheinlich gelangte sie erst dorthin, als Papa schon tot war und die Veranda nicht mehr den Status eines Büros hatte, sondern endgültig zur Rumpelkammer verkam.

An diesem surrealen Ort notierte er stundenlang Futtermittelbestellungen für seine Firma in Molinella, verfasste mit schräger, flattriger Handschrift lange Briefe und sortierte seine Münz- und Briefmarkensammlungen.

Abends verließ er die Veranda nur, um die Anrufe von Contadin Fortunato und dem Grafen Polegato entgegenzunehmen, einem seiner neuen Freunde vom Ritterorden, manchmal auch, um fernzusehen.

Donnerstagabends gesellte er sich zu uns ins Wohnzimmer: Er schob seinen Sessel vor dem Bildschirm zurecht und schaute sich selig lächelnd und nickend Mike Bongiornos Quizsendung »Rischiatutto« an. Er war ein großer Fan von Dottor Inardi, dem Parapsychologen und Quiz-Champion aus Bologna.

Mein Bruder Micione schlief auf dem Fernseher. Ab und zu rutschte sein Schwanz über den Bildschirm hinab und Mama und Donatella riefen abwechselnd: »Micione, der Schwanz!«, woraufhin er ihn wieder hochzog. Dann schlief er weiter, doch der Schwanz rutschte erneut herab. Und wieder riefen sie: »Micione, der Schwanz!« So ging das den ganzen Abend.

Der Schwanz von Micione, der langhaarigen Tigerkatze, die meine Schwester am 21. Januar 1966 vor dem Hauseingang fand, die über zwanzig Jahre alt wurde und von allen, angefangen bei dem Tier selbst, als vollwertiges Familienmitglied angesehen wurde, war sehr, sehr buschig. Wenn er vor dem Bildschirm hing, sah man nichts mehr.

Egal ob Liebesschmonzette, Abenteuerfilm, Krimiserie oder Unterhaltung – alles sahen wir im Rhythmus von Miciones Katzenschwanz. Eines Tages war der Fernseher kaputt, und wir riefen den Techniker, der ihn für die Reparatur aufschraubte. Ich war damals noch klein, aber ich erinnere mich noch, wie lustig ich es fand, als er ein dickes, kugeliges Büschel Katzenhaare hervorzog und es erstaunt Mama unter die Nase hielt.

Trotz alldem wäre nie jemand auf die Idee gekommen, Micione zu verbieten, auf dem Fernsehapparat zu schlummern, seinem Lieblingsplätzchen. Wahrscheinlich hatte er es sich ausgesucht, weil es dort schön warm war, dennoch sagten wir immer, er sei eben ein Egozentriker, der stets im Mittelpunkt der Aufmerksamkeit stehen müsse.

Micione, der Schwanz! war wie *Papa, der Blinker!*

Wenn wir samstags von Ferrara nach Castel San Pietro ins Grüne fuhren, in die großelterliche Villa aus dem 19. Jahrhundert, wo wir uns von städtischen Kleinbürgern in Landadelige verwandelten, nahmen wir zwei Autos.

Vorneweg fuhr Papa in seinem 1500 und später im Fiat 124, wir mit Mama hinterher, erst im Cinquecento und dann im Abarth 112. Vor dem Fiat 1500 hatte es noch einen 1100er gegeben und davor einen Topolino, aber da war ich noch nicht auf der Welt gewesen und meine Eltern hatten noch in Bologna gewohnt.

Ich war ein braves Kind, das aber gern quengelte: Donatella nannte mich Jammerliese oder *Gu-Gu* nach dem Laut, den ich immer beim Weinen von mir gab. Auf den samstäglichen Fahrten von Ferrara nach Castello drohte ich auf halbem Weg damit, mich zu übergeben, so dass sie zur Ablenkung mit mir sang und spielte, genau wie ich es heute mit meiner Tochter Emilia tue. Manchmal übergab ich mich trotzdem, manchmal behauptete ich nur, mir sei schlecht, damit meine Schwester sich um mich kümmerte, die mich sonst gerne links liegenließ. Als Kind war sie vernarrt in Pistolen und Gewehre und hätte statt einer ängstlichen Jammerschwester wie mich lieber einen Bruder gehabt, mit dem sie Krieg spielen konnte.

Papa war langsam und zerstreut: Er fuhr sechzig, ließ seinen Hut im Auto auf und vergaß immer, den Blinker auszuschalten. Also schrien wir von hinten: *Papa, der Blinker!*, und betätigten wie wild die Lichthupe.

»Wenn auf der Via Emilia Stau ist, heißt das, dass vorne Onkel Vico fährt«, witzelten meine Cousins immer. Einmal, als mein Cousin Lorenzo noch klein war, standen sie vor einer roten Ampel auf der Via Emilia, und er sah in einem Wagen einen Herrn mit Hut ganz langsam vorbeifahren: Bei genauerem Hinschauen erkannte er seinen Onkel Vico mit einer weiß-schwarz gescheckten Ziege auf dem Beifahrersitz und zwei weiteren Ziegen auf der Rückbank. Papa war damals auf dem Weg nach Castello, wo er sie ein paar Monate im Garten grasen ließ, bis Nonna Atala ihn zwang, sie wegzuschaffen, weil sie ihr die Oleander auffraßen.

Als Papa starb und wir hinter dem Leichenwagen von Ferrara nach Castello fuhren, vergaß der Fahrer der Limousine eine ganze Weile, den Blinker auszuschalten.

Im Wagen dahinter dachten wir, dass Papa uns gerade zuzwinkerte und *Schicksal* murmelte, eins seiner Lieblingswörter.

»*Schicksal*, ich war in Montecatini und habe jemanden aus Castello getroffen.«

»Ich habe von meinem Bruder Fifo geträumt, *Schicksal*, heute ruft er mich aus Rom an.«

Ein anderer häufiger Ausruf von ihm war: *das hat mich* für »das hat mich beeindruckt«, während seine immer gleiche Erwiderung auf die Frage: »Wie geht's, Vico?«, *Man rollt so* lautete. Wenn man bedenkt, dass er als alter Mann den Bauchumfang eines Nero Wolfe hatte, wirkt der Ausdruck geradezu komisch. Aber ich vermute, er benutzte ihn schon, als er noch jung war und spindeldürr.

Dreißig Jahre lang fuhr Papa Tag für Tag über die Straßen der Emilia und des Veneto, oft war es neblig, oft schlief er nach der Mittagsrast buchstäblich über dem Lenkrad ein, doch er baute nie einen Unfall. Er fuhr so langsam, dass er, selbst wenn er auf den Straßengraben zuhielt, was schon mal vorkam, noch rechtzeitig aufwachte und das Lenkrad herumriss. »Lieber eine halbe Stunde später ankommen als gar nicht«, war seine stehende Rede, und hinter seinem grauen Fiat 124 bildeten sich lange Schlangen.

IN SORGE

Papa kam um acht nach Hause, und um drei Minuten nach acht wurde zu Abend gegessen.

Wenn er um acht Uhr nicht da war und nicht angerufen hatte, dass er sich verspätete, lief meine Mutter zuerst zehn Minuten lang aufgeregt umher, packte mich dann in den Fiat und fuhr mit mir hinaus in den Nebel der Poebene, um ihn zu suchen.

Das Ganze war so stressig, dass ich mit fünf Jahren lernte, die Zeiger der Küchenuhr um zehn Minuten nach hinten zu verstellen, um mir noch ein wenig Aufschub zu verschaffen, bevor sie unruhig wurde.

Mama war sehr, sehr ängstlich.

Zwanghafte Angst, diagnostizierte dreißig Jahre später der Psychiater. Doch in den sechziger Jahren wurden Mütter nicht zum Psychiater geschickt, man passte sich ihren Manien an, so gut es eben ging. Papa, indem er viel Zeit außer Haus verbrachte. Ich, indem ich bis zur Oberstufe allem, was sie sagte, strikt Folge leistete. Meine zehn Jahre ältere Schwester Donatella, indem sie ihren Freund heiratete, mit dem sie schon als Sechzehnjährige zusammen war und der nun seit fünfunddreißig Jahren ihr Ehemann ist: Stefano, oder auch *Stufilino*, wie Nonna Atala, die Mutter meines Vaters und Frau von Nonno Dante, sämtliche Amouren ihrer Enkelinnen nannte.

Mein liebster Abend der Woche war der Mittwoch. Da übernachtete Papa immer außerhalb, um in Montecalderaro, im emilianischen Apennin oberhalb von Castel San Pietro, zu Abend zu essen, zusammen mit *den Jungs*.

Ich fand es schade, Papa nicht sehen zu können, der mich nach dem Essen immer liebevoll in den Kopf biss, mich umarmte und *Piretto* nannte, aber zumindest hatten wir an diesem Abend Ruhe: kein Warten, keine Verspätung, keine Uhrensabotage.

Donatella nutzte Papas Abwesenheit, um mit Stufilino ins Kino zu gehen. Ich blieb mit Mama allein zu Hause, und wir schliefen gemeinsam in dem großen Bett.

Die Jungs waren Freunde meines Vaters aus Kindertagen: Dottor Parenti, Amtsarzt von Castel San Pietro, hatte ein Haus oben auf den *calanchi*, den Felsstürzen des Montecalderaro, mit einer Kellerbar, wo *die Jungs* ihre Gelage veranstalteten.

In der Jagdsaison gingen sie auf die Pirsch nach Hasen und Drosseln, die Mama sich zuzubereiten weigerte. Mittwochs dann trafen sie sich zu zehnt oder zwanzigst in Montecalderaro: Jeder brachte etwas mit, sie kochten unter Männern, aßen und tranken wie die Bären und blieben dann zum Übernachten in den Bergen.

Einmal im Jahr fuhr Papa zur Jagd nach Jugoslawien. Im Oktober hingegen war er regelmäßig in den Thermen von Montecatini und trank das Heilwasser für seine Leber.

Er machte sich ein schönes Leben: Tagsüber war er in den Ställen unterwegs, plauderte mit seinen Kunden und kehrte mittags in einer der kleinen Trattorien ein, die er kannte. Abends sortierte er auf der Veranda seine Briefmarken- und Münzsammlungen, am Wochenende fuhr er mit der Familie aufs Land, und mittwochabends amüsierte er sich mit *den Jungs*.

Außer den Thermen und Jugoslawien gab es noch im August die Familienreisen im Fiat 1500 nach Spanien und Frankreich, die Galaabende mit seinen Grafen und Gräfinnen vom Kärntener Sankt-Georgs-Orden, die Ausflüge nach Rom zu seinem Bruder Fifo und die Feste beim Grafen Polegato in Padua. Ihm war jede Gelegenheit recht, um zu verreisen, zu essen und zu trinken, zu feiern: Papa liebte das Leben, und das Leben liebte ihn – bis er krank wurde.

Mama hingegen hatte nur ihre Familie und die Schule.

Ein hartes Leben mit vielen Sorgen, Wutausbrüchen und dem ihr eigenen Pessimismus. Und was sie nicht mit Gezänk austreiben konnte, verdrängte sie wie bei einer Phobie.

Jung Verstorbene, Krankheiten, Leid, Unglück: Während ich mich von Trauer und Schmerz angezogen fühle, hielt sie sich davon fern, und im Kino wollte sie nur Filme mit *schöner Landschaft, schönen Menschen und schönem Ende* sehen. Beim Fernsehschauen schaltete sie um, sobald von etwas Traurigem die Rede war, und wann immer sie von einem Unglück erzählen musste, das Freunden oder Verwandten zugestoßen war, senkte sie die Stimme und fasste sich kurz. Wenn möglich, vermied sie es ganz, weil es sie *belastete*.

Erst Tage später erfuhr ich vom Tod einer engen Freundin von ihr oder von Krankheiten und Unfällen, die Bekannte betrafen: Während sie jede Banalität dramatisierte und sich über jede Kleinigkeit beklagte, blendete sie die wirklich schlimmen Dinge und ernsten Probleme systematisch aus.

Ich glaube, ich habe ihr niemals ein Problem von mir anvertraut, weder klein noch groß. Aus den kleinen hätte sie Riesen gemacht, und die großen hätten sie schlichtweg überfordert. Als wir nicht mehr zusammenwohnten, erzählte ich ihr nicht einmal, wenn ich einen Schnupfen hatte, und am Telefon ersann ich alle möglichen Tricks, um nicht zugeben zu müssen, dass ich krank war, sonst hätte sie so lange keine Ruhe gegeben, bis ich sie davon überzeugt hatte, wieder völlig gesundet zu sein.

Wenn ich als Kind krank wurde, und ich hatte es häufig an den Mandeln, gab sie immer mir die Schuld und meckerte unaufhörlich: »Du hast dir die Haare nicht richtig geföhnt, hast kein Unterhemd angezogen, bist ohne Mütze rausgegangen …«

Und bei jedem noch so harmlosen Fieber schüttete sie literweise Antibiotika in mich hinein, bis meine Abwehrkräfte völlig lahmgelegt waren. Ich erinnere mich noch an den leckeren Schokoladengeschmack.

Alle meine Cousins und Cousinen erzählen gerne und unter breitem Grinsen, dass sie mich bis zu meinem zwölften Lebensjahr nur mit Badekappe ins Meer ließ, damit meine Haare nicht nass wurden, weil in ihren Augen selbst im August das Erkältungsrisiko noch zu hoch war.

Mamas Verhalten habe ich immer auf das Trauma durch den Tod ihrer Mutter geschoben. Ich glaube, dass sie als kleines Mädchen eher sonniger Natur war und die schönen, leuchtenden, angenehmen Dinge liebte, und dass ein verborgener Teil von ihr sich niemals verändert hatte. Das Leben hatte sie dazu gebracht, sich in einen Käfig aus Sorge und Schwarzseherei einzuschließen, der ihr wahres Wesen verbarg. Das Leben hatte sie schlecht behandelt, wie es jeden schlecht behandelt, doch sie hatte es nicht verstanden, damit umzugehen.

Die Sorge war ihre Krankheit, aber sie war auch ihre Verteidigung.

Heute weiß ich, dass sie tausend Gründe dafür hatte, doch damals dachte ich, sie sei das Nervenbündel und mein Vater der Gute, ein Opfer meiner Mutter.

Manchmal, als ich klein war, fragte ich ihn: »Papa, warum hast du Mama geheiratet, obwohl sie so *unerträglich* ist?«

Und er antwortete mit blitzenden Augen: »Ahhh, ich habe mich eben in sie verliebt, sie war *eine hübsche Stute* …«

Mama war nämlich wirklich schön.

Brünett, groß, wohlgeformt, wundervolle Beine, dunkle Augen, schönes Lächeln, tolles Dekolleté.

Sie fragte sich stets, wie aus zwei so schönen Menschen, wie sie und Papa es waren, ich und meine Schwester hervorgegangen waren, hübsch, aber klein und zierlich, nicht der Hauch ihrer Formen und seiner Haltung.

Mich fand sie immer *ein bisschen blässlich*. Meine Schwester hingegen, wenn sie monatlich ihre schrecklichen kolikartigen Menstruationsbeschwerden bekam, war *das Gelbwunder*.

Vor allem unsere Größe, beziehungsweise Kleinheit, war es, die die Leute erstaunte.

Und während wir uns *übergewichtig* fanden, sagte sie, wir seien *spindeldürr wie Sardinen, mit Amselbeinchen wie Zia Tina*.

Spindeldürr war das Gegenteil von *mächtig fett*: Dazwischen gab es für meine Mutter nichts.

Sich selbst fand sie perfekt, obwohl sie in Wirklichkeit ein paar Kilo zu viel wog, alle anderen Frauen waren dagegen entweder *mächtig fett* oder *spindeldürr*, zu klein *(ein Popel)* oder zu lang *(eine Mähre)*. Waren sie nett und ein bisschen langweilig, nannte sie sie *Mäuschen*.

Sie selbst gefiel sich so, wie sie war: Wahrscheinlich hatte man ihr als Mädchen so viele Komplimente gemacht, dass es für ein ganzes Leben reichte. Darüber hinaus kümmerte sie sich nicht groß um ihr Aussehen.

Sie hatte auch gar keine Zeit, darüber nachzudenken, bei all den Dingen, die sie beschäftigten. Allem voran die Aufgabe, stets *in Sorge* zu sein.

War sie guter Dinge, drückte sie mich fest an sich und sagte, ich sei *das schönste Mädchen auf der ganzen Welt, auch bei zweifacher Umkreisung, und etwas so Schönes wie mich gebe es sonst nur in Honolulu*.

Jahrelang habe ich nicht an die Vergangenheit gedacht, sondern nur nach vorne geschaut.

Zwanzig Jahre, vielleicht länger.

Aber wenn man mit vierzig Vater oder Mutter verliert, schmerzt es mehr als mit zwanzig.

Mit zwanzig ist es schrecklich, aber du bist im vollen Lauf und läufst weiter. Mit vierzig tut es so weh, dass es nie mehr aufhört.

Nie mehr kannst du entscheiden, ob du sie besuchen willst oder nicht.

Nie mehr kannst du ihnen etwas schenken, ihnen eine Ansichtskarte schicken, sie mit einem Anruf zu ungewohnter Stunde überraschen.

Nie mehr kannst du jemanden mit so wenig glücklich machen.

Mit niemandem mehr wirst du dich so du selbst fühlen wie mit ihnen.

PLÖTZLICH

An dem Tag, als meine Mutter starb, hatten wir wie jeden Morgen miteinander telefoniert, so gegen zehn.

Ihre Stimme klang irgendwie anders, dünner: Sie sagte, sie habe wenig geschlafen und in der Nacht Rückenschmerzen gehabt.

Nach dem Gespräch brach ich in Tränen aus.

Ich hatte das Gefühl, dass es diesmal nicht eine ihrer seltenen Erkältungen war, die sie gerne zur *Lungenentzündung* aufbauschte. »Hattest du heute Nacht wieder deine *Lungenentzündung*?«, zogen Donatella und ich sie immer auf.

Ich spürte ganz deutlich, dass es dieses Mal anders war, dass es ernst war. Sie hatte schon früher kleinere Unpässlichkeiten zu wahren Dramen hochstilisiert und sich fürchterliche Sorgen gemacht, obwohl sie dann schnell vorbeigingen. In Wirklichkeit war sie viel robuster als meine Schwester und ich und fast immer gesund.

Ich schrieb eine SMS an Donatella, die um diese Zeit unterrichtete, und an ihren Mann Stefano, der sofort bei ihr vorbeischaute: Es schien als müsste man sich keine Sorgen machen.

Ich überlegte, nach Ferrara zu fahren, dann sagte ich mir, dass ich wieder mal übertriebe, man könne nicht immer seinem Instinkt folgen, dürfe sich nicht grundlosen Ängsten ausliefern. Ich solle nicht wie Mama gleich ans Schlimmste denken. Es war ja nur ein Schnupfen.

Unfug. Man muss immer seinem Instinkt folgen.

Wie jeden Morgen ging ich zu Fuß in die Redaktion. Unterwegs kaufte ich in einer Bäckerei eine schöne, mit Schleifen verzierte Ostercolomba, die ich ihr per Kurier samt einer Grußkarte voller Küsse schickte.

Sie kam nie bei ihr an, die Colomba, und das Kärtchen wollte ich nicht mehr lesen, das drei Tage später an den Absender zurückkehrte.

Um die Mittagszeit rief ich sie an, es schien ihr besserzugehen. Auch meine Schwester hatte nach ihr geschaut. Wir wechselten mehrere SMS und fragten uns, ob sie sich erkältet habe, ob es vielleicht eine Grippe sei. Wie üblich wollte Mama keinen Arzt rufen, um *ihn nicht zu belästigen*. Um sechs Uhr abends hörte ich sie zum dritten Mal: Sie atmete ein wenig schwer. Das war nichts Neues, doch wieder überkam mich dieses eisige Gefühl, dass diesmal alles anders war, obwohl es genauso wirkte wie sonst, wenn sie sich erkältet oder etwas Temperatur hatte. Immer tat sie sehr erschrocken und sprach mit tragischer Stimme. Sie war es einfach nicht gewohnt, krank zu sein.

Ihre letzten Worte zu mir waren: »Wie geht's Emilia? Und Ludovico?«

Sie erkundigte sich immer nach meinen Kindern, wollte wissen, wo sie waren, was sie taten, wer sie von der Schule abholte. Manchmal nervte es mich, schien mir ein Zeichen mangelnden Vertrauens zu sein, als könne ich ohne ihre Ermahnungen nicht richtig auf sie aufpassen.

Tochtergefühle.

Die auf die Liste der Gefühle gehören, die ich nie wieder empfinden werde.

Nach diesem dritten Telefonat rief ich zum x-ten Mal meine Schwester an, um sie zu überreden, einen Arzt zu konsultieren.

Sie war immer noch überzeugt, dass es eine Erkältung sei, weil sie dieses Jahr noch keine gehabt hatte. Mamas Erkältungen waren stets eine schwierige Angelegenheit, da sie alles so kompliziert machte: Den Arzt rufen oder Medikamente nehmen, und sei es nur eine banale Aspirin, alles schien ihr ein übermenschliches Unterfangen.

Jahrelang hatte sie eine Operation am grauen Star hinausgeschoben, und als es dann nicht mehr anders ging, tat sie, als handelte es sich um eine Herztransplantation, mit bühnenreifer Dramatik, Szenen und Tränenausbrüchen.

Um neun Uhr abends klingelte das Telefon, und Luca nahm ab. Es war Stefano, der bei Mama war: Er sagte, der Notarzt meine, es könne sich um eine Harnwegsinfektion handeln, und riete dazu, sie ins Krankenhaus zu bringen.

Nichts also, worüber man sich Sorgen machen musste, so schien es, dennoch fuhren sie vorsichtshalber mit ihr ins Krankenhaus.

Mein Herz begann schneller zu schlagen. Eilig warf ich ein paar Sachen für die Nacht in einen Koffer und rief die Babysitterin an, damit sie zum Übernachten herkam. In weniger als einer halben Stunde waren wir auf der Autobahn.

Ich wusste, dass ich sie nicht mehr lebend sehen würde.

Unterwegs begann ich wie wild alle möglichen Leute anzurufen, von meinem Pultnachbarn am Gymnasium bis hin zum Bürgermeister von Ferrara, den ich einmal bei einer Buchpräsentation getroffen hatte: Ich fragte alle, ob sie einen Bereitschaftsarzt kannten, der mir erklären konnte, was da wirklich los war.

Zwischendurch meldete meine Schwester, dass Mama auf die Intensivstation verlegt worden war. Mit der Linken drückte ich Lucas Hand, und mit der Rechten telefonierte ich mit dem Verantwortlichen der Notaufnahme, mit meiner Schwester, mit dem Banknachbarn, mit meinem Schwager, den Blick starr auf die nächtliche Autobahn gerichtet, die komplett frei vor uns lag. Es war zehn Uhr an einem Montagabend, kein Nebel, kein Verkehr, keine Sterne.

Wie der Wind sausten wir über die Autobahn, doch als wir ankamen, war Mama seit einer halben Stunde tot.

Die Notaufnahme des Krankenhauses von Ferrara war menschenleer, es war kurz nach Mitternacht.

Donatella und ich trafen uns auf dem stillen Flur, im Licht der Neonlampen. Wir umarmten uns fest. Weinend erzählte sie mir von der aufwühlenden Fahrt ins Krankenhaus: Es waren nur wenige Minuten von Mamas Wohnung bis dorthin. Sie sagte, Mama habe noch geredet, sie habe weder verängstigt noch leidend gewirkt, bei der Ankunft sei ihr Blutdruck gemessen worden, er sei nicht erhöht gewesen.

In der gespenstischen Stille des nächtlichen Krankenhauses gingen wir schließlich zur Ärztin, die sie behandelt hatte, eine kleine, robuste Fünfzigjährige mit schwarzen, schulterlangen gewellten Haaren und kräftigem violettem Lidschatten.

Sie war die Letzte, die mit Mama gesprochen hatte, und nachdem sie uns berichtet hatte, was geschehen war, fügte sie hinzu, dass sie ihr trotz der wenigen Worte, die sie gewechselt hätten, sympathisch gewesen sei.

Ich war ihr sehr dankbar, dass sie das sagte. Mama hatte diese Ärztin mit dem violetten Lidschatten bestimmt gemocht. Sowieso mochte sie Frauen viel lieber als Männer, vor allem dunkelhaarige, und je eleganter und geschminkter sie waren, umso besser. An dieser Ärztin hatten ihr vermutlich die schwarzen Haare und ihre Menschlichkeit gefallen. Sicher hatte sie gedacht: *eine gute Seele, das sieht man sofort.*

Die Ärztin sagte uns, dass sich ihr Zustand gleich nach Ankunft in der Notaufnahme rapide verschlechtert habe und Mama blau angelaufen sei. Dass sie sie beatmet und sediert hätten. Dass sie innerhalb von zwei Stunden gestorben sei, ohne zu leiden, vielleicht durch eine Aortenruptur, vielleicht durch eine Lungenembolie.

Wir baten sie, keine Autopsie durchzuführen. Das hätte sie nie und nimmer gewollt. Sie hasste Krankenhäuser, Operationen und Blut. Mit einundzwanzig, frisch verheiratet, war ihr bei einer Notoperation die Milz entfernt worden, aber seitdem hatte sie nichts Schlimmeres gehabt als eine banale Ausschabung in den Wechseljahren, die für sie natürlich eine reine Tragödie gewesen war.

Es war der ideale Tod für jemanden wie Mama: schnell und unblutig, dafür dramatisch wie sie selbst. Ein ungeduldiges Sterben, *ohne hinzusehen*, so wie sie es auch mit ihrem Braten gehalten hatte.

Ich war mir nicht sicher, ob ich sie noch einmal sehen wollte, die Erinnerung an meinen Vater ließ mich zögern.

Die Ärztin sagte mir: »Das müssen Sie selbst entscheiden, aber wenn es meine Mama wäre, würde ich sie sehen wollen.« Noch heute bin ich ihr für diese Worte dankbar, vor allem, dass sie »meine Mama« sagte, wie ein Kind.

Es war nicht mehr meine Mama, dieser schon geschrumpfte Körper unter dem Laken, das bläulich verfärbte Gesicht mit den geschlossenen Lidern und den eingefallenen Lippen, der Kopf mit der ordentlichen Frisur, da sie ein paar Tage zuvor beim Friseur gewesen war, die Stirn, die ich sofort küsste, noch lau. Wir umarmten, küssten, streichelten sie, wir nannten sie »Schatz« und verabschiedeten uns, doch sie war nicht mehr da.

Anschließend gingen wir zu Donatella nach Hause und tranken einen Kamillentee, um noch ein wenig beisammen zu sein, um nicht sofort auseinanderzugehen, um uns jedes einzelne Wort des Abends und des Tages noch einmal in Erinnerung zu rufen. Wir sahen uns an und suchten im Gesicht der jeweils anderen die Bestätigung, dass es wirklich passiert war. Wir konnten es einfach nicht glauben. Das konnte nicht wirklich passiert sein. Nicht unserer furchtbaren, furchterregenden Mutter, die nicht untergehen, nicht sterben konnte.

Später gingen Luca und ich in unser gewohntes Hotel in Ferrara, es war nach drei Uhr nachts.

Ich weinte bis zum Morgen in einem Delirium aus Stammeln, Schluchzen und Tränen, konnte nur Momente lang schlafen.

Nach dem Aufstehen verabredeten wir uns mit Donatella und Stefano beim Bestattungsinstitut. Die Beerdigung sollte zwei Tage später stattfinden.

Ich diktierte die Todesanzeige, und wir suchten den schönsten Sarg aus: hell und glänzend, innen mit blassrosa Satin ausgelegt. Uns hätte blau besser gefallen, doch der Mann vom Bestattungsinstitut sagte mit großer Bestimmtheit, blau sei für Männer und er würde davon abraten.

Dann begaben wir uns zu Mamas Wohnung.

Bevor ich mit den anderen in ihre Wohnung hinaufging, machte ich einen kleinen Spaziergang. Ich wollte auf ihren täglichen Pfaden laufen, sehen, was sie gesehen hatte, die gleiche Luft atmen und die gleichen Geräusche hören, wollte sie noch ein wenig bei mir behalten. Ich schlug den Weg zu der Bar ein, in der sie jeden Morgen ihren Cappuccino getrunken hatte.

Bei unseren morgendlichen Telefonaten war es stets um den Cappuccino gegangen. »Hast du schon deinen Cappuccino getrunken? Geh deinen Cappuccino trinken«, forderte ich sie immer auf, damit sie wenigstens ein bisschen Bewegung hatte, wenn sie im Winter tendenziell träge wurde und nicht täglich das Haus verließ.

Die Bar hatte erst vor kurzem aufgemacht, und ich war noch nie da gewesen, eine *latteria*, die von einer Frau mittleren Alters geführt wurde. Ich suchte Spuren von Mama bei dieser Frau, die sie, im Gegensatz zu mir, jeden Tag gesehen hatte. Ich bestellte einen Kaffee, erzählte ihr, dass meine Mutter vergangene Nacht gestorben sei, und beschrieb sie ihr: eine vierundachtzigjährige Frau, brünett und etwas beleibt, groß, gebräunt, kam jeden Morgen einen Cappuccino trinken. Die Frau brauchte eine Weile: Sie sagte, sie würde zwar eine Dame kennen, auf die meine Beschreibung passe, doch die habe ihr gesagt, sie sei erst achtundsiebzig.

Ich fand es schön, dass Mama sich jünger gemacht hatte. In der Tat hatte man ihr das Alter überhaupt nicht angesehen.

»Ich nannte sie immer Zia Ada, weil sie einer meiner Tanten ähnelte. Sie hat mir erzählt, dass sie hin und wieder zu ihrer Tochter nach Mailand fährt«, sagte die Frau.

Die Sache mit Zia Ada ärgerte mich. Meine Mutter war eine so starke Persönlichkeit gewesen, sie war die berühmte Giannarosa, die Oberlehrerin, allseits geliebt und gefürchtet, nicht irgendeine Tante Ada.

Die Begegnung mit der Latteria-Frau hatte mich enttäuscht, wer weiß, was ich mir von ihr erwartet hatte. Dass sie mir wie eine gute Fee irgendwelche Geheimnisse über Mama verriet. Dass sie sie gemocht und ihr Gesellschaft geleistet hatte. Stattdessen war sie nicht einmal besonders sympathisch.

Ich verließ die Bar, ging den Weg zurück, den Mama gegangen sein musste, und versuchte alles in mich aufzusaugen, was sie bis gestern gesehen hatte: den kleinen Pfad über die struppige Wiese, die Reihe von Platanenbäumen, die Container für die Mülltrennung, den Fahrradweg.

Außer dem Radweg und den Mülltonnen sah alles noch aus wie vor vierzig Jahren, als ich jeden Morgen denselben Weg zur Grundschule Corrado Govoni gegangen war. Ich habe noch meine Füße in den weißen Socken und schwarzen Mokassins vor Augen. Sie berührten denselben Weg, dasselbe karge Gras, stolperten über dieselben Wurzeln. Damals war meine

Mutter so alt gewesen wie ich heute, und sie war gerade in ihrem Cinquecento von zu Hause losgefahren zu ihrer Schule, die in der entgegengesetzten Richtung zu meiner lag.

An das morgendliche Aufstehen kann ich mich nicht erinnern. Im Klassenzimmer kam ich immer mit verrutschten Strümpfen und schiefsitzender Schürzenschleife an. Ich hatte auch nie ein Pausenbrot dabei, Mama gab mir lieber Geld mit, von dem ich mir an der Bar etwas kaufen konnte. Sie hatte weder Zeit noch Lust, mir ein Brötchen zu machen, und auch keine Zöpfe oder Pferdeschwänze, wie meine Klassenkameradinnen sie hatten.

Ich beneidete Dalida Zabini, Tochter einer Hausfrau, die freitags immer ein Thunfischbrötchen dabeihatte. Oder meine Freundin Susanna Rizzi, deren blonde Haare immer zu einem perfekten Pferdeschwanz gebunden waren und die blütenweiße Schulkittel mit perfekt gebügelten Schleifen trug.

Mein Lehrer Eros Benetti hatte eine Schleife in den Farben des Regenbogens ausgewählt, ein Vorgriff auf die Farben der Friedensbewegung, und ich fand sie hässlich im Vergleich zu den schönen weißen und blauen Schleifen der anderen Stufen.

Als Kind hätte ich gern eine ordentlichere und aufmerksamere Mutter gehabt, doch gleichzeitig genoss ich meine Unordnung und die Chipstüte oder das Salamibrötchen, das ich mir alleine in der Bar kaufen durfte. Das Thunfischbrötchen, um das ich Dalida beneidete, hätte ich niemals essen wollen, und der Pferdeschwanz hätte mich gestört, so wie er Emilia stört, der ich ihn jeden Morgen vergeblich zu binden versuche. Sie ist fünf Jahre alt, kennt aber schon die Familienüberlieferungen, und wenn ich protestiere, sagt sie: *Ich brauche bequeme Sachen, ich gehe in die Ställe.*

Ich beschloss, einen Abstecher zum Friseursalon Lidia in einer Nebenstraße zu machen, wo Mama jede Woche hinging.

Es war ein altmodisches Geschäft, menschenleer und vollgestellt mit Pflanzen. Donatella und ich drängten sie, sich wöchentlich *die Haare machen* zu lassen, weil wir wussten, dass es für sie eine Abwechslung darstellte und dass Lidia sie ins Herz geschlossen hatte. Ihr zuliebe hatte sie einen Haltegriff in den Eingang montiert, damit sie die eine Stufe zum Laden sicherer bewältigte. Jeden Freitag fragten wir sie: *Warst du bei Lidia?*, und *Hat sie dir einen hübschen Helm verpasst?* in Anspielung auf die etwas steife und antiquierte Frisur, die die Friseurin ihr stets machte. Wenn sie dort gewesen war, werteten wir das immer als gutes Zeichen.

Ich öffnete die Ladentür, Lidia war allein. Sie ist eine Dame um die sechzig mit dem Pony eines jungen Mädchens und gutmütigen Augen. Als ich ihr sagte, dass meine Mutter in dieser Nacht gestorben sei, war sie wie gelähmt.

Unter Tränen, die ihr eine Mascaraspur über die Wangen zogen, erzählte sie, dass sie sie noch vor drei Tagen gesehen hatte; sie habe einen fröhlichen Eindruck gemacht, da sie kurz zuvor bei mir in Mailand gewesen sei.

Wir umarmten uns und weinten.

Sie enttäuschte mich nicht. Sie und Mama kannten sich seit über zwanzig Jahren, seit die denkwürdige Friseurin Rosina, die eine Phalanx aus Sesseln mit Trockenhauben in ihrem Salon stehen hatte, das Geschäft aufgegeben hatte.

Lidia hatte keine Kinder und beschrieb Mama immer haarklein die Wesensart jedes einzelnen Tieres, das sie auf dem Land hielt. Mama wiederum gab dies haarklein mit jedem einzelnen Namen an mich weiter: die Katze Arapaho, die manchmal blau oder rosa gefärbt wurde, Hunde, Kaninchen, sogar ein Affe und ein Papagei. Mama machte ganze Romane daraus.

Mama hatte immer schon *tierliebe* Menschen gemocht, sie sagte, das seien *gute Seelen* im Gegensatz zu den *nicht tierlieben* Menschen.

Dann ging ich zu Donatella, Stefano und Luca in Mamas Wohnung hinauf. Das Bett war ungemacht. Am Abend zuvor hatte sie noch gelebt.

GENEALOGIE

Die Kindheit unserer Mutter war ein Geheimnis. Sie sprach wenig darüber, als habe ihre eigentliche Lebensgeschichte erst begonnen, als sie Papa kennenlernte.

Manchmal erwähnte sie ihre Mutter Adele, die an Magenkrebs gestorben war, als sie selbst erst neunzehn war, doch schien das sogar nach fünfzig Jahren noch viel zu schmerzlich, um darüber reden zu können.

Lieber erzählte sie von ihrem Vater, meinem Opa Oliviero Bianchi.

Nonno Oliviero war Jahrgang 1882 und wurde dreiundachtzig Jahre alt. Ich war vier, als er starb, aber ich erinnere mich noch lebhaft an seinen kahlen, braungebrannten Schädel, wenn er sich zu mir herabbeugte und mir lächelnd einen Kuss gab. Er rasierte ihn sich täglich wie heute die Dreißigjährigen, denen die Haare ausgehen.

Wenn wir nach Bologna fuhren, um ihn zu besuchen, brachten wir ihm stets ein Kistchen Toscanelli mit. Er wohnte in einem großen Haus zusammen mit Zia Olga, seiner von Mama heißgeliebten Stiefschwester.

Zu dem Haus gehörte ein schöner Garten, und Donatella spielte bei den Besuchen immer mit den Cousins Fußball, während ich drinnen bei den Mädchen blieb.

Nonno Oliviero war ein stolzer Republikaner und Antiklerikaler. Seine Frau Adele hingegen war gläubig und treue Anhängerin der Monarchie. Wenn sie über Politik diskutierten, sagte sie am Ende immer: »Nichts zu machen, Bianchi, Ihr seid eben ein Freimaurer.«

Auch äußerlich war der Nonno eine bemerkenswerte Erscheinung: Auf allen Fotos trägt er einen Panamahut, einen hellen Anzug mit einer Blume im Knopfloch oder einem Tüchlein in der Westentasche, an den Füßen elegante, zweifarbige Schuhe im Gatsby-Stil.

Er rauchte Toscano-Zigarren und fuhr Luxuswagen, die damals noch eine Seltenheit waren. Er wirkte weniger wie ein Bankier als wie ein Schriftsteller der Dekadenz, ein großer, gutaussehender Gabriele D'Annunzio.

Es gibt ein Foto von ihm hinter dem Lenkrad eines phantastischen Ceiranos. Sein Bruder Bruno sitzt auf dem Trittbrett, in der einen Hand ein Jagdgewehr und in der anderen einen Hasen, im Genick gepackt.

Über diese Jagdtrophäe haben ich und Donatella viel gestritten, weil ich sie für ein Huhn oder einen Hahn hielt, während sie schwor, es sei ein Fuchs oder zumindest ein Hase, und meine Ansicht respektlos fand.

Wir wechselten eine beachtliche Menge an E-Mails, alle mit dem Betreff *Es ist ein Fuchs!!!* beziehungsweise

Nein, ein Huuuhn!, bis wir uns darauf einigten, dass es sich um einen Hasen handelte. *Genealogie!*

Der Begriff *Genealogie!*, mit Nachdruck in der Stimme, war der Lieblingsausruf von Onkel Fifo, Papas jüngerem Bruder, wenn er den Familienstammbaum rühmte, der ihm zufolge uns Bignardi-Mädchen dazu verpflichtete, *einen Prinzen zu heiraten oder gar nicht*.

Dieser Onkel war eine Persönlichkeit. In seiner Jugend ein großer Zocker und Playboy, der sang und Klavier spielte und sich mit allerlei prominenten Techtelmechteln brüstete, darunter eines mit der Schauspielerin Silvana Pampanini. Wir haben noch ein Foto, auf dem sich die beiden umarmen, abgeschickt in Amerika. Er wurde Fliegergeneral und blieb sein Leben lang *der General*: ein ironischer Komödiant, Rhetoriker und Nonkonformist zugleich. Als gewandter Redner verehrte ihn Papa, der ein Mann der kargen Worte war und sich vielleicht gewünscht hätte, auch über die Eloquenz eines Film-Conte Max zu verfügen.

Noch heute rufen wir *Genealogie!*, um die blaublütigen Ambitionen der Bignardis zu verspotten, denen sich auch Mama gerne hingab. Dabei war sie die Einzige, die sich wirklich des berühmten Viertels blauen Blutes rühmen konnte, das ihr Vater Oliviero mit republikanischer Verve zurückwies.

Mama sprach von ihrem blaublütigen Viertel in demselben Tonfall, mit dem Papa sagte, *Ich brauche bequeme Sachen, ich gehe in die Ställe:* als stolze Selbstbestätigung, kokette Feststellung.

In mir fließt ein Viertel adliges Blut. Sollte heißen: Im Gegensatz zu euch Bignardi-*Bestien*.

Nonno Oliviero kam aus den Marken, aus Cingoli. Von seiner Mutter, Donna Francesca Possenti, sprach Mama häufig voller Stolz, da sie eine Adlige war und zudem Lehrerin wie sie.

In Mamas Augen waren die Bignardis Bestien, obwohl sie sich ihnen sehr verbunden fühlte, angefangen bei Nonno Dante, dessen liebste Schwiegertochter sie war, bis hin zu Zia Annalena, die sie ihre Freundin nannte; die Bianchis hingegen waren gebildete Leute und *gute Seelen*.

Sie unterteilte alle Menschen in zwei Kategorien: die *guten Seelen* und die *Egoisten*.

Egoisten!, mit hörbarem Ausrufezeichen dahinter, waren ich, Papa und die Bignardis generell, ausgenommen meine Schwester Donatella, die *mehr eine Bianchi* war.

Ich kam laut meiner Mutter ganz nach meinem Vater: *Bestie und Egoistin*, was sie mir so oft vorhielt, dass es mir geradezu ans Herz wuchs.

Wenn ich Donatella erklären möchte, dass ich etwas lieber auf meine Art mache, sage ich nur: *Ich brauche bequeme Sachen, ich gehe in die Ställe*, und schon versteht sie, was ich meine.

Sich selbst zählte Mama natürlich zu den *guten Seelen*, zusammen mit ihrem Vater, ihrer Schwester Olga, ihren Neffen und Nichten Bianchi, meiner Schwester Donatella, unseren Kindern und der Katze Alonzo.

Micione hingegen war *ganz ein Bignardi, Bestie und Egoist.*

Vielleicht hat er es deshalb mehr als zwanzig Jahre bei ihr ausgehalten.

Angesichts ihrer Manie für die guten Seelen wunderte ich mich, als mir eine Bianchi-Cousine nach der Beerdigung erzählte, dass Urgroßmutter Francesca Possenti die Nachfahrin eines Heiligen war, des Heiligen Gabriel der Schmerzhaften Jungfrau. Warum hatte Mama uns nie etwas von diesem Heiligen erzählt, der doch ihre Genealogie so entschieden aufgewertet hätte?

Die einzig mögliche Erklärung lautet, dass die Geschichte des Heiligen Gabriel, der nach einem Leben voll familiärer Tragödien und Leiden vierundzwanzigjährig starb, sie *zu sehr belastet* hätte.

Die Entdeckung des Heiligen, der sich zudem noch als ein bedeutender Heiliger entpuppte, Schutzpatron der Abruzzen und der Jugend, mit schön vielen Wallfahrtskirchen und jeder Menge Besuchern, beeindruckte Donatella sehr, und sie schrieb mir sofort: »Ich hatte schon immer so ein Gefühl, dass ich eine besonders *gute Seele* bin: *Genealogie!*«

Als sie nach Rom fuhr, um ihre Tochter Annalena zu besuchen, machte sie einen Umweg über die Kapelle des Heiligen Gabriel von der Schmerzhaften Jungfrau am Fuße des Gran Sasso. Sie schickte mir Fotos, die sie mit dem Handy vom Porträtbildchen am Stammbaum des Heiligen aufgenommen hatte, und behauptete, der Großvater von Nonno Oliviero, ein Cousin des Heiligen, habe eindeutig den familieneigenen Judas-Blick. Das bedeutete im Familienjargon so viel wie der Blick eines halbseidenen Verführers in der Art Marlon Brandos, das Gegenteil eines *Sanluigigonzaga*, eines ruhigen, unterwürfigen und häuslichen Mannes also.

Um Nonno Olivieros Genealogie zu erzählen, muss man bei der Großnichte des Heiligen ansetzen, meiner Urgroßmutter und Lehrerin Francesca Possenti, die den Tierarzt von Cingoli, Pacifico Bianchi, heiratete.

Pacifico, der von den Familienchroniken weitgehend ignoriert wird, machte ihr drei Söhne und verstarb.

Nonno Oliviero war der mittlere der drei Brüder. Die anderen beiden hießen Bruno und Giuseppe, genannt Peppino. Er erzählte, als Kinder hätten sie immer zu dritt nebeneinander auf einem Mäuerchen in Cingoli gesessen und darauf gewartet, dass jemand sie fragte: »Wessen Söhne seid ihr, und was tut ihr hier?« Doch leider kannte sie fast jeder im Dorf, weshalb sie alles Mögliche gefragt wurden, aber nicht das Erhoffte, und daher nie die Antwort geben konnten, die sie sich kichernd zurechtgelegt hatten: »Wir sind die Söhne von Vater und Mutter, und wer das nicht weiß, ist dumm wie Butter.«

Die drei Bianchi-Brüder hielten immer zusammen. Zio Bruno studierte in Bologna Medizin bei dem berühmten Arzt Augusto Murri. Er heiratete Zia Zena und bekam eine Stelle als Amtsarzt in Umbrien, in San Gemini, die ihm jedoch während des Krieges wegen seiner antifaschistischen Haltung entzogen wurde. Auf einer Postkarte vom 30. April 1945 schrieb er an Nonno Oliviero: »Alle gesund, nach großem Leid geht es uns gut. Engländer haben mich wieder eingesetzt. Hoch lebe England.«

Zio Bruno war ein Pfaffenhasser wie Nonno Oliviero. In der Nacht vor seinem Tod jedoch träumte er von seiner geliebten Mutter Francesca Possenti, der Großnichte des Heiligen, die ihn aufforderte zu kommunizieren. Am nächsten Morgen bat er seine verblüffte Frau, einen Priester zu rufen, empfing die Kommunion und starb.

In Mamas Schublade fanden wir ein recht finsteres Bild von ihm, auf dem steht:

> Gottes Barmherzigkeit schenke dem edlen Geist Bruno Bianchis den ewigen Frieden. Über vier Jahrzehnte lang verbreitete er mit Hingabe die Kunst, die er in Bologna in der unvergleichlichen Schule des Murri erlernte, um das Leid derjenigen zu lindern, die sich ihm anvertrauten und ihm Dank und Zuneigung schenkten. Seine Freiheitsideale bezahlte er mit Verfolgung und Gefängnis, was in den letzten Jahren seine starke Natur schwächte.

In San Gemini wurde auch sein Sohn Brunetto geboren, einer von Mamas Lieblingscousins.

Auch ich habe Brunetto kennengelernt, auf der letzten Reise, die ich gemeinsam mit meinen Eltern im September 1977 machte. In der Erinnerung heißt die Reise *Trauben-Trauben*, weil Papa im Restaurant, wenn das Dessert kam, unvermeidlich Trauben bestellte und Mama und ich ihn damit aufzogen.

Brunetto war etwas merkwürdig, und es hieß, er sei so geworden, nachdem ihn mit achtzehn sein tollwütiger Hund gebissen habe, ein Biss, der ihn angeblich impotent machte. Als Kind wagte ich nicht, genauer nachzufragen, doch in meiner Phantasie stellte ich mir immer vor, wie der Hund meinen Cousin Bruno in den Schniedel biss, obwohl ich bezweifle, dass es so gelaufen ist.

Er war in Mama verliebt und fragte sie als Kind immer, ob sie ihn heiraten wolle, allerdings taten das quasi alle Männer, die ihr begegneten, insofern war es nichts Besonderes. Trotz des Hundebisses machte Brunetto zwei Hochschulabschlüsse und arbeitete in Terni bei einer Bank, doch in den letzten Briefen erzählte er, er wohne bei den Kapuzinermönchen, und unterschrieb mit »Fra Brunetto Cappuccì«.

Als Mama tot war, konnte ich seine Briefe nicht mehr finden, die ich als kleines Kind immer von der Kommode stibitzt und gelesen hatte, ohne sie zu verstehen. Alles, was ich entdeckte, war ein Andachtsbildchen zum Tod von Zia Zena, die in Wirklichkeit Zenobia geheißen hatte, wie ich herausfand, und 1888 in Cingoli geboren worden war. Auf dem Bildchen stand:

Ihr ganzes Leben
widmete sie ihrem Sohn Brunetto,
der Mildtätigkeit,
dem Wohl des Nächsten und der Tiere.

Dass sie sich um das Wohl der Tiere kümmerte, fand ich einen sehr sympathischen Zug an ihr. Wenngleich ich mich fragte, warum ihr Mann Bruno nicht erwähnt wird. Tiere ja, aber der Ehemann nicht?

Donatella Luchsauge, wie Mama sie nannte, fand es natürlich heraus: Zia Zena war eifersüchtig, weil ihr Mann etwas mit der Dorfhebamme hatte. Außerdem verachtete der hochgebildete Bruno sie, weil sie ein wenig dümmlich war und noch dazu humpelte. Einmal soll Nonno Oliviero seinen Bruder gefragt haben, warum er ihr nicht das kranke Bein operiere, worauf er wohl antwortete, dass er ihr viel lieber auch noch das andere lahm machen würde.

Der zweite Bruder von Nonno Oliviero, Zio Peppino, war Gutsverwalter und hatte sechs Kinder.

Mama erzählte immer, dass Nonno Oliviero, der ihr zufolge nicht nur der *Schönste* und *Klügste*, sondern vor allem der *Großzügigste* war, Zio Peppino und den Kindern auch seinen Anteil des Guts von Troviggiano geschenkt hatte, das seine Eltern ihm vererbt hatten.

Dieses großartige Grundstück mit unzähligen Olivenbäumen, das in unseren Besitz übergegangen wäre, hätte Nonno Oliviero sich weniger freigebig gezeigt, fand in der Familie häufig Erwähnung.

Die Legende der verlorenen Güter war eine Konstante: Wäre der Nonno nicht so freigebig und anschließend so glücklos gewesen (er war Eigentümer einer Bank und verlor 1929 sein gesamtes Vermögen) und wäre Papa in Jugendjahren nicht so ein zügelloser Mensch gewesen, hätten wir Bignardi-Mädchen, glaubte man meinen Eltern, ein anderes Leben gehabt.

Vor allem gegenüber Mama, der großen Verfechterin von Schicksalsmustern, war es völlig sinnlos einzuwenden, dass jeder seines eigenen Glückes Schmied sein solle: Zu gern erzählte sie die Geschichte der gefallenen Reichen, wie es wahrscheinlich viele ihrer Generation taten, die den Zweiten Weltkrieg überlebt hatten.

Nonno Oliviero war Republikaner, wie auch Nonno Dante, mein Großvater väterlicherseits, und in der »Voce Repubblicana« veröffentlichte er flammende Artikel gegen die Monarchie.

Meine Cousine Daniela, die bis zu seinem Tod bei ihm lebte, erzählte mir Folgendes: 1920, als Ururgroßonkel Possenti heiliggesprochen wurde, fand die Diplomatie des Vatikans heraus, dass der Bianchi-Zweig aus Pfaffenhassern bestand, und hielt es folglich für inopportun, ihn zur Heiligsprechung einzuladen. Angeblich habe der Nonno immer voller Stolz davon erzählt. Daniela offenbarte mir auch noch etwas anderes: Genau wie sein Bruder Bruno, der sich nach seinem Traum von der Mutter die Kommunion geben ließ, sprach auch Nonno Oliviero, der sich selbst als Ungläubiger bezeichnete, auf dem Totenbett in ihrer

Anwesenheit das Agnus Dei, und zwar ganze drei Mal. Eine Enthüllung, die meine Schwester rührte und den atheistischen Zweig der Familie verbitterte. Meiner Ansicht nach ging es meinem Opa, launenhaft wie er war, beim Agnus Dei eher um theatralische Effekthascherei als um Bekehrung.

Meine Eltern waren gläubig, aber kaum praktizierend. Papa fand, man müsse um sechs Uhr morgens zur Messe gehen, wenn einen niemand sehe, doch ich kann mich nicht erinnern, dass er es jemals getan hätte. Mama betrat als alte Frau selten eine Kirche, wahrscheinlich wegen des vielen Lichts, das sie *belastete*, wenngleich der einzige Gegenstand, den sie von ihrer Mutter noch aufbewahrte, ein Gebetbuch war. Sie liebte Päpste, allen voran Papst Ratzinger, den sie *il Papino*, *das Päpstchen*, nannte.

Ich hingegen ging bis zu meinem 16. Lebensjahr gerne in die Kirche. Mit zwölf durchlitt ich eine leichte mystische Krise, als der Film »Jesus Christ Superstar« in die Kinos kam, den ich mir rund zwanzigmal ansah.

Drei Freundinnen und ich stellten gemeinsam ein Heimmusical auf die Beine. Wir lernten die Texte auswendig, nähten uns Tuniken, probten eifrig und sangen und tanzten dann den gesamten Film einigen gerade anwesenden Pechvögeln vor.

Mit meinen langen schwarzen Haaren spielte ich die Maria Magdalena, die »I Don't Know How To Love Him« sang und in Jesus verliebt war. Er, der schwierige Jesus Christus – im Film von Ted Neeley verkörpert, in den wir alle vier verknallt waren –, wurde von meiner Freundin Susanna Rizzi gespielt – in weißer Tunika, während ich eine rosafarbene trug. Die arme Rita musste der Judas sein, in orangefarbener Hose und Hemd. Alberta, die ein Jahr älter war als wir und heute in London lebt, war Pontius Pilatus.

Nach dreißig Jahren sah ich mir mit Luca und den Kindern »Jesus Christ Superstar« noch einmal auf DVD an, an einem lauen Sommerabend. Ich war gerührt und sang lauthals alle Lieder mit, während die anderen ihn kindisch fanden und auf dem Sofa einschliefen.

Ein paar Wochen später erwischte ich allerdings Ludovico dabei, wie er »Hosanna, eh, sanna sanna sanna oh« vor sich hin summte und wie Luca »I don't know how to love him« auf seinem iPod hörte.

DIE TOCHTER DES MÖRDERS

Als Nonno Oliviero von Cingoli nach Castel San Pietro in der Provinz Bologna zog, um dort seine Landwirtschaftsbank zu eröffnen, wetteiferten sämtliche Familien aus Castello, die ledige Töchter hatten, darum, ihn zum Abendessen einzuladen: Er war reich, gebildet, elegant und sehr sympathisch. Zwar nahm er jede Einladung an, verschwieg dabei aber, dass er schon mit der Tochter des Notars von Imola, Maria Conti, verlobt war.

Als er sie schließlich heiratete, mit Kutsche und weißen Pferden und allem Drum und Dran, war das ganze Dorf enttäuscht.

Sie bekamen zwei Kinder, dann starb Maria an der Spanischen Grippe, als sie mit Zwillingen schwanger war. »Sie starb zweiunddreißigjährig am 7. Oktober 1918 nach kurzer, heftiger Krankheit«, steht auf ihrem Grabstein auf dem Friedhof von Castello.

Als Witwer mit zwei Kindern zog der Nonno daraufhin zu seiner Schwiegermutter. 1921 lernte er dann Adele Foresti kennen, meine Großmutter, eine junge Witwe aus Castello und Mutter einer Tochter. Und so kam es, dass meine Mutter, als sie 1923 als einzige gemeinsame Tochter des Witwenpaares Adele und Oliviero geboren wurde, schon drei Geschwister hatte: väterlicherseits Olga und Zeno, zwölf und acht Jahre, und mütterlicherseits Laura, zwölf Jahre.

Über ihre Mutter Adele erzählte Mama lediglich, dass sie *sehr schön und sehr lieb* gewesen sei, ansonsten sprach sie nicht von ihr.

Papa ließ jedoch hin und wieder durchblicken, dass Nonna Adele irgendwie sonderbar gewesen sein musste. Wenn er mit Mama stritt, sagte er immer: *Du bist genauso verrückt wie deine Mutter, die mit einem Huhn an der Leine durch Castello spazieren gegangen ist.*

Nonna Adeles Schönheit belegen nicht nur die Fotos aus jener Zeit, sondern ganz maßgeblich auch die Ansichtskarten von Ciro Galvani.

In der Küche unserer neuen Wohnung habe ich ein Bild aus Ansichtskarten des beginnenden zwanzigsten Jahrhunderts aufgehängt, die ich als junges Mädchen in einer Schublade gefunden und zu einer Collage zusammengestellt hatte.

Ciro Galvani war ein bekannter Schauspieler aus Castel San Pietro. Er arbeitete in der Truppe der Eleonora Duse und war fünfunddreißig, als er die sechzehnjährige Nonna Adele kennenlernte. Mama sagt, dass er ihretwegen den Kopf verloren habe.

Sicher weiß ich nur – und ich sehe den Beweis jeden Morgen mit eigenen Augen über meiner Mikrowelle hängen –, dass er ihr zwischen 1901 und 1903 von seiner Tournee mit der Duse Dutzende Postkarten schickte.

Sie alle stellen Lina Cavalieri dar, die Schauspielerin der Belle Époque und Rivalin der Belle Otero. Auf Wikipedia habe ich gelesen, dass Lina Cavalieri so schön war, dass Gabriele D'Annunzio, der ihr eine Ausgabe des »Piacere« widmete, sie als »besten Beleg für die irdische Venus« bezeichnete. Und dass 1955 ein Film über ihr Leben gedreht wurde – mit dem Titel »Die schönste Frau der Welt« und Gina Lollobrigida in der Hauptrolle.

Auf Galvanis erster Ansichtskarte, die er im Januar 1901 aus Venedig schickte, steht nur ein respektvolles »Ich finde, sie ähnelt Euch außerordentlich«. Dann folgt eine Reihe von »hochachtungsvollen Grüßen und guten Wünschen« und »Ich denke immer an Euch, denkt Ihr auch an mich?« bis zu dem unmissverständlichen »Ohne Groll« vom November 1903 aus Rom, ein sicheres Zeichen dafür, dass Nonna Adele sich zu keinen Vertraulichkeiten hatte hinreißen lassen.

Mein Vater erzählte, dass derselbe Ciro Galvani später einmal auf die Schauspielerin Luisa Ferida stieß und sie auf dem Weg zum Kino ansprach. Sie war eine weitere Schönheit aus Castel San Pietro in Papas Alter und eine Freundin von ihm.

»Man sieht, dass er ein Auge für hübsche Bräute hatte«, kommentierte meine Schwester, als wir uns anlässlich des Films »Sanguepazzo«, mit Monica Bellucci und Luca Zingaretti als rühmlich-unrühmliches, von den Faschisten verehrtes Schauspielerpaar, wieder an Ciro Galvani erinnerten.

Meine Eltern hielten die Erschießung des Filmpaares Osvaldo Valenti und Luisa Ferida durch die Partisanen für eine Schande, und mein Vater fügte jeder Erwähnung Luisa Feridas seinen Ausspruch *arme Luisa* und *sie war so ein hübsches Mädel* an.

Jedenfalls ließ meine Großmutter Adele diesen Ciro Galvani, den Beäuger hübscher Bräute, abblitzen. Sie ehelichte zuerst den armen Giuseppe Ghetti, und als der dann ebenfalls bei einer Epidemie starb, wurde sie Nonno Olivieros Frau.

Meine Mutter bekam den Namen Giannarosa, im Andenken an einen Mörder.

Der Mörder, beziehungsweise der mutmaßliche Mörder, war Tullio Murri aus Bologna, Sohn des berühmten Arztes Augusto Murri, ein herausragender Vertreter des weltlich gesinnten und progressiven Bürgertums jener Zeit. Tullio Murri war Protagonist des meistdiskutierten Justizfalles des noch jungen Jahrhunderts: Er beschuldigte sich selbst, seinen Schwager ermordet zu haben, den Gatten seiner Schwester Linda, der in der Nacht des 28. August 1902 mit dreizehn Messerstichen in seiner Wohnung in Bologna getötet worden war. Viele hielten Tullio bis zum Ende für unschuldig. Es gab weder Beweise noch ein Tatmotiv, während seine Schwester Linda hingegen viele gute Gründe hatte, ihrem Mann den Tod zu wünschen.

1974 verfilmte Mauro Bolognini die Geschichte mit Cathérine Deneuve und Giancarlo Giannini, »Die Affäre Murri«, doch den Film habe ich nie gesehen.

Stattdessen las ich das Buch, das Tullio Murris Tochter Gianna Rosa, die drei Jahre vor meiner Mutter geboren wurde, 2003 veröffentlichte. Darin erzählt sie unter anderem, dass die Unterlagen, welche die Unschuld ihres Vaters beweisen, zuerst hinter den Mauern einer Villa ihrer Großmutter verschwanden und dann gestohlen wurden, und zwar in Castel San Pietro.

Gianna Rosa macht in ihrem Buch »Die Wahrheit über meine Familie und die Affäre Murri« keine großen Enthüllungen, erinnert sich aber an den Friedhof von Castello, auf dem meine Eltern begraben sind: »Er war wunderschön. Keine einzige Zypresse, die man damals für einen toskanischen Baum hielt. Nur Linden. Im Frühling sah er aus wie ein Zaubergarten und duftete ganz unvergesslich.«

Zypressen wurden später dann doch angepflanzt, und nicht zu wenige. Linden sind dagegen nicht mehr viele übrig. Dennoch kommt mir der Friedhof wie verzaubert vor, vielleicht weil dort meine Eltern und Großeltern liegen und ich ihn seit meiner Kindheit immer gleich in Erinnerung habe.

Nach dem Tod meines Vaters war ich viele Jahre nicht mehr da, doch seitdem meine Mutter dort liegt, treibt es mich mindestens alle paar Wochen hin. Die Kinder nehme ich mit, sie wissen schon, wo man Wasser für die Blumen holt, und bewegen sich sehr sicher zwischen den Gräbern der Groß- und Urgroßeltern.

Ich hatte schon immer ein Faible für Friedhöfe, doch seit meine Mutter gestorben ist, noch mehr. Und so schleppte ich an einem verregneten Sonntag einmal die ganze Familie zum Mailänder Cimitero Monumentale, einem der ersten Orte, die ich mir in Mailand angeschaut hatte. In meiner Erinnerung war er wunderschön, und auch dieses Mal enttäuschte er mich nicht. Selbst Luca, seit je skeptisch gegenüber Totenriten, war von der Architektur, den Grabmalen und -steinen wie verzaubert.

Ich erinnerte mich daran, wie ich bei meinem ersten Besuch mit Anfang zwanzig fast ein wenig neidisch auf die Adressaten der Grabinschriften aus dem 19. Jahrhundert gewesen war. Etwa wenn es hieß: »Für die ewig geliebte und tugendhafte Frau«. Ein bisschen, wie wenn man Jane Austen liest und sich in die Welt aus »Stolz und Vorurteil« hineinträumt.

Dieses Mal jedoch, mit dem eigenen noch frischen Trauerfall, berührten mich vor allem zwei Grabsteine. Auf einem stand, in faschistischen Runen: »Ich will euch nicht Waisen lassen« aus dem Johannesevangelium und auf dem anderen: »Erhaben im Schmerz«. Ein wenig fühlte auch ich mich so, seit Mama gestorben war.

Gianna Rosa Murri zufolge war das Geständnis ihres Vaters eine Art Selbstmord, der jugendliche Selbstmord eines Mannes, den seine Eltern nicht genug geliebt hatten, ein *beau geste*, um die Schwester reinzuwaschen und sich die Liebe und Anerkennung der Familie zu verdienen.

Zur Zeit seiner Verurteilung dachten viele Menschen, gegen Murri habe die Tatsache gesprochen, dass er Sozialist war, und in ihrem Buch teilt die Tochter diese politische These. Sie schreibt: »Die Kirchenmänner gaben sich ja alle Mühe zu zeigen, welch fürchterliche Konsequenzen die Abkehr von der katholischen Kirche auf einen Menschen hat.«

In seinem verbissenen Laizismus wollte mein Opa Oliviero Tullio Murri, den er für unschuldig hielt, die Ehre erweisen, indem er seine Tochter ebenso nannte wie Murri seine heißgeliebte Tochter. Diese kam zur Welt, nachdem ihr Vater sechzehn von den dreißig Jahren Haft, zu denen er verurteilt worden war, abgesessen hatte. Zio Bruno, ein ergebener Schüler Augusto Murris, war ihm dafür dankbar.

Mama, die eigentlich Gianna Rosa hieß, unterschrieb immer mit Giannarosa, weil es ihr so besser gefiel und sie vielleicht auch weniger *belastete*.

Seit sie verheiratet war, sah Mama ihre Schwester Laura nur noch selten. Sie war die Tochter ihrer Mutter aus der ersten Ehe, und immerhin hatte sie von Geburt an mit ihr zusammengelebt.

Auch ich traf Zia Laura nur selten. Ich weiß noch, wie sie über Nonna Adele erzählte, sie sei *so schön gewesen, dass immer, wenn der Überlandbus, in dem sie von Castel San Pietro nach Bologna fuhr, vor der Bar an der Porta Mazzini anhielt, die Männer herauskamen, um sie zu bewundern.*

Die Schönheit meiner Mutter und meiner Großeltern Bianchi fiel der Familie manchmal zur Last.

Mama war im Grunde gar nicht so wunderschön, sondern eher eine Schönheit nach der damaligen Mode, wie gewisse Schauspielerinnen von heute, die nicht unbedingt toll aussehen, aber in ihren Zügen ein zeitgemäßes Schönheitsideal widerspiegeln.

Sicherlich gefiel sie den Männern sehr. Mir ist es nie wie ihr ergangen, dass ich auf der Straße oder im

Kino von den *omìni* angesprochen wurde, diesem bestimmten Männertyp, den sie immer auf dem i statt auf dem o betonte.

Sie sagte, wenn sie als junges Mädchen ab und zu alleine ins Kino ging, nahm sie immer eine Haarnadel mit, um eventuelle *omìni* zu piksen, die sich neben sie setzten und gelegentlich mit der Hand hinüberlangten, wie es ihr wohl des Öfteren passierte.

Auch ich erinnere mich noch an hektische Sitzplatzwechsel im Kino, damit sie nicht neben solch einem *omìno* zu sitzen kam. Die sogenannten *omìni*, womit sie kleine, potentiell lasterhafte Gnome meinte, verfolgten sie bis wenige Jahre vor ihrem Tod. Diese *omìni* waren wiederum zu unterscheiden von den *omaracci*, groben Kerlen, die rauchend und saufend in gewissen Bars abhingen. Bars, die von *omaracci* frequentiert wurden, durfte man gar nicht erst betreten: *Um Himmels willen! Siehst du nicht, dass es hier von* omaracci *nur so wimmelt?*

In reiferen Jahren ging Mama vor allem am Lido degli Estensi allein ins Kino: In einem Sommer sah sie sich dreimal »Der Gladiator« an, weil die antike Geschichte sie so faszinierte, dann viermal den Film »Il Cuore altrove« von Pupi Avati, weil dort die roten Dächer Bolognas zu sehen waren. Wir fragten sie immer, ob sie wieder die üblichen *omìni* getroffen habe, was sie gelangweilt und distanziert bejahte. *Was für eine Frage. Ist doch klar, dass die da waren.* Woraufhin wir neidisch erwiderten, bei uns nicht, nicht einmal ein halber *omìno*.

Meine Cousine Maria Luisa, auch eines von Zia Olgas sechs Kindern, erzählte uns, wie sie 1942 einmal mit meiner Mutter für einen Monat ins Badeörtchen Cattolica gefahren war.

Sie war damals neunzehn und so schön, also so schön, dass die Leute sich auf der Straße nach ihr umdrehten und sie mit offenem Mund anstarrten.

Es war der erste Sommer, den sie ohne Nonna Adele verbrachten. Sie war am 23. Februar jenes Jahres verstorben.

Die Nonna hatte mehr als zehn Jahre unter Magengeschwüren gelitten, um dann unter starken Schmerzen an Magenkrebs zu sterben. Meine Mutter hatte sie damals gepflegt und ihr Morphiumspritzen gesetzt, so wie ich es bei meinem Vater an seinen letzten Lebenstagen tat.

Vor einiger Zeit erzählte uns eine andere Cousine, wie Nonna Adele überhaupt erfuhr, dass sie Krebs hatte. Denn selbstverständlich wussten alle anderen es vor ihr, wie es damals üblich war.

Eines Tages hatte sie einer Dame, die sie besuchen wollte, die Tür nicht aufgemacht, sondern sich hinter den Gardinen versteckt und so getan, als sei sie nicht zu Hause. Von dort aus hörte sie, wie die Vermieterin, die nebenan wohnte, zu der Besucherin sagte: *Arme Adelina, vielleicht ist sie unterwegs, seit sie den Tumor hat, geht sie häufig zum Arzt.*

Nonna Adeles Verhalten erinnerte mich stark an meine Mutter, die auch so Sachen tat, wie die Tür nicht zu öffnen oder beim Telefonieren einfach aufzulegen.

Als Nonna Adele in ihrem Haus in der Via Argelati in Bologna starb, zogen Zia Olga und ihre Familie zu meiner Mutter und Nonno Oliviero.

Im Herbst 1943 musste Mama mit ihrer Schwester und deren Kindern wegen der Bombenangriffe nach Castel San Pietro ziehen.

Hier war es, wo die Schwestern Giannarosa und Olga Bianchi, die Bankierstöchter, die Kinder des mit Vater eng befreundeten Tierarztes Dante Bignardi kennenlernten: Annalena und ihren dreißigjährigen Bruder Ludovico, der nach neun Jahren bei der Armee, darunter je ein Kriegsjahr in Afrika, Albanien und Jugoslawien, nach Hause zurückgekehrt war.

Eines Tages im Dezember 1944 wurde Ludovico damit betraut, die junge Giannarosa von Castel San Pietro zurück nach Bologna zu begleiten. Zu Fuß über die Via Emilia, da der Zugverkehr wegen der Bombardierungen eingestellt war.

Mama erzählte immer, dass sie sich auf dieser Reise ineinander verliebten, und das, obwohl er sich ständig unter den vorüberfliegenden Bombern in die Gräben warf, während sie, ob im Liebestaumel oder aus Mut, ungerührt weiterlief. Als sie Bologna erreichten, waren sie verlobt.

Am 4. Juni 1945 heirateten sie in der Kirche San Pietro in Bologna, in der Via Indipendenza. Eine ärmliche Hochzeit, *mit Flicken unter den Schuhen*, um die Löcher in den Sohlen zuzudecken. Sie war einundzwanzig und er dreißig.

Auf den Bildern sehen sie sehr dünn und ein wenig

mitgenommen aus: sie in dunkelblauem Kostüm, weißer Bluse mit Rüschenbesatz und einem kleinen Hütchen auf dem Kopf, er mit silbrig glänzender Krawatte und einem dunkelgrauen Zweireiher mit weißem Einstecktuch, die blauen Augen tief im scharfkantigen Gesicht versunken.

Sie wirken todmüde auf ihrem Hochzeitsfoto.

Vielleicht waren sie gestresst wie alle Brautleute, vielleicht waren sie durch den Krieg, der gerade erst geendet hatte, unterernährt, vielleicht abgezehrt von der Liebe füreinander. Schließlich waren von dem Moment, als sie sich zum ersten Mal gesehen hatten, bis zur Hochzeit nur sechs Monate vergangen.

Um Papa zu heiraten, hatte Mama ihren montenegrinischen Verlobten Gojko verlassen, den sie während ihres Sprachenstudiums an der Universität Ca' Foscari in Venedig kennengelernt hatte. Papa wiederum hatte sogar zwei junge Damen sitzenlassen: Giulia, die Uralt-Verlobte aus Castello, mit der er zehn Jahre zusammen gewesen war, und Nada, eine Blondine, die er im Krieg auf Ragusa in Jugoslawien kennengelernt hatte und von der wir noch sehr viele Fotos haben (wie übrigens auch von Gojko). Donatella und ich stellen uns manchmal vor, dass die zwei verlassenen slawischen Anwärter sich ihrerseits hätten treffen und verloben können.

EINE BEERDIGUNG, WIE ICH SIE MIR IMMER GEWÜNSCHT HABE

Am Tag von Mamas Beerdigung schien in Ferrara die Sonne, die schöne Sonne eines Frühlings, der ansonsten ziemlich verregnet war.

Um zehn Uhr morgens fuhren wir in Mailand los, und dieses Mal dachte Emilia sogar daran, zum Frühstück keine Milch zu trinken, um sich im Auto nicht auf ihren neuen braunen Rock zu übergeben, den wir extra für diesen Anlass gekauft hatten.

Ich selbst trug unter dem grauen Mantel einen blauen Rock und einen blauen Pullover, die ich seitdem nicht mehr anziehen kann. Auch Ludovico war ganz in Blau gekleidet und Luca in Grau: Ohne uns abzusprechen, hatten wir uns alle bemüht, kein Schwarz zu tragen, eine Farbe, die Mama nicht leiden konnte, weil sie sie *belastete*. Ihre einzigen schwarzen Sachen waren ein Astrachan-Pelz und ein Bolerojäckchen, die sie ins Theater anzog. Niemals hätte sie etwas Schwarzes getragen, es sei denn zu einem eleganten Anlass, und es konsternierte sie, dass ich auch im Alltag Schwarz trug. Sie meinte, dass die Farbe mich *erschlage* und noch *gelbwunder* aussehen lasse als sonst.

Um die Mittagszeit erreichten wir Ferrara und kehrten in der erstbesten Bar auf der Piazza Ariostea ein, um ein Panino zu essen: *Schicksal*, in derselben Bar saßen zur selben Zeit vier Freunde der Familie aus verschiedenen Ecken des Landes, darunter Salvatore aus Sardinien.

Ich hatte niemandem wegen der Beerdigung Bescheid gesagt und wusste nicht, wer kommen würde, daher war jedes liebe Gesicht eine Überraschung für mich. Und ich empfand Dankbarkeit für all jene, die an einem ganz normalen Donnerstag eine so lange Reise auf sich genommen hatten, um sich von Mama zu verabschieden.

Damals schämte ich mich für die vielen Male, die ich nicht zu einer Beerdigung gefahren war, in dem Glauben, meine Anwesenheit sei nicht so wichtig. Sie ist es.

Von der Piazza Ariostea aus gingen wir zu Fuß bis zur Kirche San Cristoforo alla Certosa, einem Ort von grandioser Schönheit.

Ich war erst kurz zuvor dort gewesen, nachdem ich an Weihnachten Giorgio Bassanis »Gli ultimi anni di Clelia Trotti« gelesen hatte. Dort heißt es: »Um eine Vorstellung von der Piazza della Certosa zu bekommen, denke man an eine offene, fast leere Wiese, über die einzelne Grabmale berühmter Nichtkatholiken des vergangenen Jahrhunderts verstreut sind: eine Art Exerzierplatz sozusagen. Rechts die unvollendete nüchterne Fassade der Kirche des Heiligen Christophorus und, in einem Halbrund bis an die Stadtmauer heranreichend, ein roter Säulengang aus den Anfängen des 16. Jahrhunderts, auf den die Sonne an manchen Nachmittagen ein ganz herrliches Licht wirft.«

Meine Schwester, die dort in der Nähe wohnt und eine fanatische Bassani-Leserin ist, hatte mich darauf aufmerksam gemacht, dass die Kirche fünfzig Jahre nach dieser Beschreibung restauriert worden sei. Also besichtigte ich sie und stieß auf einen wirklich wunderschönen Ort.

Der Nachmittag von Mamas Beerdigung war einer dieser Tage, an denen die Sonne ein herrliches Licht warf: Alles war in einen klaren, goldenen Lichtschein getaucht, wie es in der Poebene nur einmal im Jahr vorkommt und woran man sich ewig erinnert.

Vor der Kirche erwartete uns Donatella mit meinen Nichten Silvia und Annalena, die aus Bologna und Rom angereist waren. Wir umarmten uns und hatten alle denselben Gedanken – wie wir später feststellten –, nämlich dass Nonna Gianna sich permanent über alles beklagt hatte, am Ende aber die Dinge im ganz großen Stil tat.

Vor dem Altar stand der bereits verschlossene Sarg, worum wir gebeten hatten, weil meine Mutter niemals gewollt hätte, dass man sie tot sah. *Um Himmels willen. Das fehlte noch!* Daher hatte ich Mama nicht im Sarg gesehen, Donatella dagegen schon: Bevor sie zur Kirche kam, war sie in der Aussegnungshalle gewesen, um sich von ihr zu verabschieden, und sie meinte zu mir, sie sähe gut aus.

Wir hatten verfügt, dass man ihr das blau-beige gemusterte, mit hellem Pelz gesäumte Kostüm anzog, darunter eine elfenbeinfarbene Seidenbluse und ein blaues Halstuch: dasselbe, das sie bei ihrem letzten Besuch bei uns in Mailand getragen hatte.

Mama gehörte zu den Frauen, die in dem, was sie anziehen, eine *richtig gute Figur machen*. In den letzten Jahren war sie ein wenig nachlässig geworden, hatte tagelang denselben Rock oder denselben Pullover samt Kaffeefleck vorne drauf getragen. War sie jedoch guter Dinge gewesen oder hatte etwas Besonderes vorgehabt, hatte sie sich schnell und ohne Umstände ein paar neue Sachen gekauft. Einfache Kleider, die ihr perfekt standen und sehr elegant aussahen: eine blaue Jacke, ein geblümtes Strandkleid, einen kamelhaarfarbenen Mantel mit Pelzkragen … Das teuer wirkende Kostüm hatte sie, *ohne hinzusehen*, in irgendeinem Geschäft erstanden, anlässlich der Hochzeit einer Nichte, zu der sie dann wegen einer ihrer seltenen Erkältungen nicht gefahren war.

Es sah so gut an ihr aus, als habe sie es nicht einfach schnell von der Stange gekauft, sondern nach Maß anfertigen lassen, und dabei selbst sorgfältig Stoff und Schnitt ausgesucht. Sie hatte ein sicheres Gespür für Farben, die ihr standen, für Schmuck, Handtaschen und Schuhe. Mich rügte sie immer und völlig zu Recht wegen meines blassen und konventionellen Geschmacks. *Dabei hast du als Kind immer so auf dein Äußeres geachtet*, grämte sie sich und meinte damit: *bevor du eine Linke wurdest*. Doch das sagte sie später immer seltener.

Ich ging zum Altar, um mit dem Priester zu reden, der die Messe zelebrieren sollte: Ich wollte, dass er wusste, was für ein Mensch Mama gewesen war.

Ich erzählte ihm, dass sie gläubig, aber nicht praktizierend war, dass sie nett und impulsiv war, dass die Redensart vom »romagnolischen Blut« perfekt auf sie zutraf. Er hieß Don Paolo, ein gutaussehender jüngerer Mann, grau meliert, mit der distanzierten Art des gebildeten Priesters.

Donatella gesellte sich während des Gesprächs zu uns, und ich stellte sie ihm vor. Als Don Paolo fragte, ob ich in der Messe etwas sagen wolle, verneinte ich. In Erinnerung an Papas Beerdigung fürchtete ich, zu bewegt zu sein, außerdem dachte ich, dass es Mama *belastet* hätte, mich von ihr reden zu hören, *als ob sie tot sei*.

Es kam anders. Ich weinte nicht viel. Vielleicht weil ich dieses Mal älter war, vielleicht weil ich im Unterschied zu vierundzwanzig Jahren zuvor nicht allein war, sondern Luca und die Kinder bei mir hatte.

Bei der Beerdigung der Mutter meiner Freundin Renata vier Monate später weinte ich mehr, obwohl ich sie überhaupt nicht gekannt hatte.

Damals fragte ich mich, ob ich nun wegen meiner Mutter weinte oder wegen Renata. Oder wegen ihres Vaters Eugenio, der mit seinen fünfundachtzig Jahren so verloren und liebenswert aussah und mich sehr an meinen Vater erinnerte, den ich nie als richtig alten Mann kennengelernt hatte. Wer weiß, wie schön er im Alter gewesen wäre, mein Vater.

Es sind nicht mehr viele Freundinnen von Mama übrig, doch die, die noch leben, waren alle auf ihrer Beerdigung, und ich liebte sie dafür. Auch Bobo liebte ich in diesem Moment, meinen Banknachbarn aus der Schule, der mich weinend daran erinnerte, wie wir uns einmal gestritten hatten, weil er im Scherz meine Mutter als hässlich bezeichnet hatte.

Ich hatte Bobo noch nie weinen gesehen. Als Kinder hatten wir immer nur Späße gemacht.

Am meisten rührten mich jene, mit denen ich überhaupt nicht gerechnet hatte: meine frühere Englischlehrerin vom Gymnasium, die Friseurin Lidia, die Tognons, alte Freunde von früher, die ich seit zwanzig Jahren nicht gesehen hatte und die mit einem Blumensträußchen ankamen, dass sich mir das Herz zusammenkrampfte.

Meine Englischlehrerin, die nach dreißig Jahren noch genauso aussah, hatte nicht gerade zu meinen bevorzugten Lehrern gehört. Weder waren wir irgendwie vertraut miteinander gewesen, noch hatte ich ihr Fach besonders gemocht. Sie war eher zurückhaltend, kühl, nicht der Typ Lehrer, mit dem Schüler sich anfreunden. Umso schöner war es, sie dort wiederzusehen.

Mit Luca und den Kindern setzte ich mich in die erste Bank rechts, neben Dante und Michela, meinen liebsten Cousins. Sie waren die Kinder von Zio Fifo, zu dessen Beerdigung zehn Jahre zuvor ich nicht gegangen war, wie mir voller Reue einfiel.

Donatella und ihre Familie saßen in Reihe links von

uns. So konnten wir einen erstaunten Blick tauschen, als wir hörten, welches Thema der Pfarrer sich für die Predigt ausgesucht hatte: Schwesternneid.

Don Paolo erzählte ein Gleichnis, in dem eine Schwester ihre Mutter fragt, warum sie die andere Schwester immer bevorzugt habe, und die Mutter ihr antwortet: »Weil sie mich mehr brauchte als du.«

Donatella und ich drehten im selben Moment die Köpfe und sahen uns an: Sie und ich, wir vergöttern uns gegenseitig und waren immer solidarische Verbündete gegen die Eigenarten unserer Mutter gewesen, mit denen wir das ganze Leben zu kämpfen hatten.

Jede von uns fragte sich in diesem Moment, ob diese Predigt vielleicht irgendwie von Mama geschickt war, und tief in meinem Herzen wusste ich, dass im Grunde ich als die Jüngere, Rebellischere, als die, die weggezogen war, mehr Aufmerksamkeit bekommen hatte – im Guten wie im Schlechten.

Vor allem im Schlechten, wenn man bedenkt, dass Mamas Zuwendung sich überwiegend in Form von besorgten Kontrollanrufen ausdrückte.

Doch Liebe ist Liebe. Erst wenn sie nicht mehr da ist, merkt man, wie sehr sie einem fehlt, auch wenn sie vorher nur schwer zu ertragen war.

Ob die Predigt, die Mama mittels Don Paolo gewählt hatte, vielleicht eine späte Entschuldigung bei Donatella sein sollte?

Die ganze Zeremonie über hielt ich die Hand meines ältesten Sohnes Ludovico, der vielleicht seinen ersten vollständigen Gottesdienst erlebte.

Seine Augen glänzten, und sein Mund stand ein wenig offen, während er ganz gefangen das faszinierende Schauspiel verfolgte. Er ließ sich kein Wort des Priesters entgehen, als versuche er, der sonst so hyperrationale Mensch, einem unbekannten Geschehen oder einer neuen wissenschaftlichen Entdeckung gänzlich auf den Grund zu gehen.

Ich habe zwei Atheisten geheiratet und nicht darauf bestanden, meine Kinder zu taufen, was ich vielleicht getan hätte, wenn es allein meine Entscheidung gewesen wäre. Damals dachte ich, wenn sie die Taufe wirklich wollen, können sie das zu gegebener Zeit selbst nachholen.

Ludovico hingegen scheint noch ungläubiger zu sein als sein Vater, ein Philosoph mit Faible für die mystischen Denker. Und auch wenn er in der vierten Klasse aus eigenem Antrieb beschloss, am Religionsunterricht teilzunehmen, behauptet er heute mit elf Jahren steif und fest, nicht an die Existenz Gottes zu glauben. Während meine Fünfjährige sich Tag für Tag neu entscheidet: Mal glaubt sie an Gott, mal nicht.

Im Gegensatz zu ihrem Bruder, der als Erstgeborener ideologischer aufwuchs und in den ersten Grundschuljahren vom Religionsunterricht befreit wurde, nahm Emilia immer daran teil, und niemand machte sich die Mühe, sie davon abzubringen. Wenige Tage nach dem Tod der Großmutter, als wir uns darüber unterhielten, wer an Gott glaubt und wer nicht, sagte sie, zu unserem Vergnügen und unserem Erstaunen, einer Freundin von mir, dass »Nonna Gianna an den Pelz geglaubt habe«.

Da meine Mutter als Einzige in unserem Bekanntenkreis Pelzmäntel getragen hatte, vermute ich, dass Emilia ganz allein eine Verbindung herstellte, die so ziemlich ins Schwarze traf: Nonna Gianna war tatsächlich tendenziell Animistin gewesen. Sie war nicht der Typ für Heiligenbildchen und Rosenkränze, und wahrscheinlich spürte sie Gott nicht so sehr in einer Kirche als vielmehr in den weißen runden Steinen ihres geliebten Flusses Sillaro oder in ihrem Astrachan-Pelzmantel.

Die Kinder verhielten sich vorbildlich während der Zeremonie: aufmerksam, ruhig, freundlich.

Ich hatte ihnen vorher eingeschärft, jedem die Hand zu geben, aber sie hörten nicht immer auf mich. An diesem Tag hatten sie vermutlich begriffen, wie wichtig es für mich war, ihnen nahe zu sein, und sie schienen von der Sache, die wir dort begingen, sehr ergriffen.

Ich glaube nicht, dass sie sehr traurig über Großmutters Tod waren: Kinder erleben den Tod nicht als etwas Trauriges, zumindest nicht sofort. Wenn Menschen sterben, denen sie sehr verbunden waren, fehlen sie ihnen natürlich, und sie leiden auf ihre Art. Als meine Großmutter Atala starb, war ich nur wenig älter als Ludovico, und ich erinnere mich nicht nur daran, dass ich keine Traurigkeit verspürte, sondern auch an ein Gefühl der Unsterblichkeit, das für mich aus der fehlenden Traurigkeit erwuchs. Ich dachte damals: »Siehst du? Es ist gar nicht schlimm. Also gibt es den Tod nicht. Also werde ich niemals sterben.«

Beim Frühstück hatte ich Emilia gesagt, dass sie sich keine Sorgen machen müsse, wenn sie mich weinen sehe. Ich wollte sie vorbereiten, weil ich fürchtete, die ganze Zeit heulen zu müssen.

Letztlich verstörte diese Ankündigung sie mehr als meine potentiellen Tränen, und mit erstickter Stimme erwiderte sie, dass sie weinen müsse, wenn ich so etwas sagte.

Und dann erinnerte sie mich daran, dass sie mich doch sowieso schon hatte weinen sehen, drei Wochen zuvor, zum ersten Mal.

Wir waren in den Bergen gewesen, zu viert. Als wir aus dem auf einem Pass gelegenen Restaurant traten, sahen wir, dass es zu schneien begonnen hatte: ein weiches und starkes Schneegestöber im Februar, das mich mit Euphorie erfüllte. Ich bombardierte Luca mit einer Reihe Schneebällen, die er geduldig über sich ergehen ließ, bis er schließlich mit einem mächtigen Wurf antwortete, der mich mitten ins Auge traf: Es tat unheimlich weh, und ich weinte eine ganze Weile. Woraufhin Emilia den berühmten Satz sagte: »Ich wusste gar nicht, dass Erwachsene auch weinen können«, – laut einer anthroposophisch orientierten Freundin von mir die Vorbereitung auf das, was kurz darauf passieren sollte.

Nach der Messe stiegen wir ins Auto, um hinter dem Leichenwagen zum Friedhof von Castel San Pietro zur Beisetzung zu fahren.

Auf halber Strecke machte Luca eine Bemerkung

über die enorme Präsenz meiner Kollegen aus der Redaktion: Alle waren zur Beerdigung gekommen.

Um etwas zu sagen, erwiderte ich, das könne zwei Gründe haben: entweder dass ich eine Diktatorin sei oder dass sie mich so gernhätten.

Von Ludovico auf der Rückbank, der bis dahin geschwiegen hatte, kam daraufhin, in der für ihn typischen gewählten Ausdrucksweise, die trockene Bemerkung: »Ich votiere ganz entschieden für Ersteres.«

Wir brachen in lautes Gelächter aus, das mich an die Beerdigung meines Vaters vierundzwanzig Jahre zuvor erinnerte, als wir auf derselben Straße hinter einem ebensolchen Leichenwagen hergefahren waren und über die Vergesslichkeit des Fahrers gelacht hatten, der genau wie Papa den Blinker nicht ausstellte.

Zu einer gelungenen Beerdigung gehört wohl auch ein ordentliches Gelächter.

Das Familiengrab, in dem auch mein Vater, Zio Fifo, Nonna Atala und Nonno Dante mit seiner ersten Frau Evelina und die Urgroßmutter Ida liegen, ist nun komplett.

Als die Totengräber die Marmorplatte wegschoben, beugten die Kinder sich vor, um in das Grab hineinzuschauen: Zuoberst lag Zio Fifos Sarg, dessen Deckel durch einen langen Riss in zwei Teile gespalten war, ein gespenstischer Anblick, der uns alle verstummen ließ.

Ich bedeutete den Leichenbestattern zu warten, um noch einmal zärtlich über Mamas Sarg zu streichen, dann ließen sie ihn hinab und schoben die Marmorplatte wieder zurecht, eine einfache Platte mit der schlichten Aufschrift »Familie Bignardi«.

Meine Schwester und ich fanden es *vornehmer*, einen Stein ohne Namen und erst recht ohne Foto zu haben. Über Grabbilder haben wir uns immer lustig gemacht. Bei jedem Foto, das wir von uns schießen und einander per E-Mail zuschicken, sagen wir – vor allem, wenn es ein hässliches ist –, dass es *fürs Grab* ist, und fügen dann hinzu: *Ich werde es ja nicht mehr erleben.*

Ich werde es ja nicht mehr erleben, war Mamas Satz gewesen. Sie meinte damit den Tag, an dem Donatella und ich endlich einsehen würden, dass sie schon immer recht gehabt hatte.

»*Ich werde es ja nicht mehr erleben*, aber wenn ihr selbst mal Kinder habt, werdet ihr es verstehen.«

»*Ich werde es ja nicht mehr erleben*, aber wer weiß, wie langweilig ihr mal im Alter werdet.«

Über den Tod wollte sie nicht reden, weil das Thema sie *belastete*, stattdessen sagte sie: *Ich werde es ja nicht mehr erleben*, wie eine Beschwörungsformel, ein Exorzismus.

Und dieses Mal erlebte sie es tatsächlich nicht mehr.

Während der Beisetzung sprang Benedetta, Annalenas zweijährige Tochter, mit der meine Schwester zur Oma und meine Mutter zur Urgroßmutter geworden waren, zwischen den Gräbern umher, roch an den

Blumen und staunte wild gestikulierend darüber, dass die Plastikblumen nicht dufteten. Ich glaube, sie war für alle Anwesenden außer mir und Donatella, die nur Augen für den Sarg hatten, ein tröstlicher Anblick.

Lediglich Silvia, meine andere Nichte, schluchzte laut: Sie und ihre Großmutter, die sie *Nonna Gialla, gelbe Nonna*, nannte, hatte eine ganz besondere Beziehung verbunden. Es war schön gewesen, sie zusammen zu sehen: das Punkmädchen mit dem Eingeborenenschmuck in den Ohrläppchen und die ältliche Matrone, die zusammen kicherten und sich besser verstanden, als wir anderen jede einzelne von ihnen.

Ich dachte daran, dass ich beim Tod meines Vaters dreiundzwanzig gewesen war, ein Jahr jünger als Silvia, und einen Moment lang stieg wieder das beklemmende Gefühl jener vermaledeiten Jahre zwischen zwanzig und dreißig in mir auf, den schlimmsten meines Lebens.

Der Tod jagt einem mehr Angst ein, wenn man kein Kind mehr ist, aber auch noch keine eigene Familie hat, wenn man seinen Sinn nicht einmal ansatzweise erahnt.

Später ändert sich die Trauer, hängt eher damit zusammen, dass der Verstorbene einem fehlt, und mit dem Bewusstsein, dass man selbst der Nächste ist.

Wenn man hingegen zwanzig ist und jemand stirbt, ist es wie ein Riss, eine Ungerechtigkeit, ein Affront, den das Leben sich nicht hätte erlauben dürfen und mit dem man nicht gerechnet hat.

Nach dem Begräbnis trafen wir uns mit den engsten Verwandten im Garten des Hauses in Castello.

Ich hatte meinen Cousin Marco und meine Cousine Marinella, mit denen ich in engem Kontakt stehe und die in Castel San Pietro wohnen, gebeten, ein paar Flaschen Wein und etwas zu essen zu besorgen, um in Mamas geliebtem Garten dann gemeinsam auf sie anzustoßen.

Marinella hatte einen Tisch und Stühle auf den Rasen gestellt, dazu eine Flasche Albana und Mamas Lieblingsgebäck *pinza alla mostarda*, das mit Fruchtmus gefüllte ortstypische Kuchenbrot.

Wir tranken den Albana, zeigten Emilia und Benedetta den Garten, an den sie sich nicht mehr erinnern konnten, aßen von der Pinza und plauderten, erfüllt von der gegenseitigen Liebe und unseren Erinnerungen an Mama.

Dann reiste Donatella ab, während wir über Nacht in Castello bei Marinella und ihrem Mann in den Bergen blieben. Ich wollte Mama in ihrer ersten Nacht nicht alleine lassen, vielleicht war ich aber einfach selbst noch nicht bereit, mich von ihr zu entfernen.

Mit den übrigen Verwandten kehrten wir zum Abendessen in eine Trattoria in den Bergen ein, wo wir oft mit Mama Hammel und Crescentina-Fladen gegessen hatten.

Ein fröhliches Mahl, genau so wie ich es mir manchmal für meine Beerdigung vorgestellt hatte.

Wenn ich so darüber nachdenke, empfand ich Mamas Beerdigung als Generalprobe für das, was ich mir für mein eigenes Begräbnis wünsche.

Oder war das, was ich mir vorgestellt hatte, eine Generalprobe für die ihre gewesen?

Ein, zwei Wochen lang aß und schlief ich wenig: Emilia sagte eines Abends, ich könne wohl deshalb nicht so viel essen, weil ich immer an die Nonna denken müsse, und das schien mir für ein Kind ihres Alters eine sehr weise Bemerkung.

Kurz darauf war Ostern, und sie, die ihre Oma zu Lebzeiten nie hatte sehen wollen, sagte beim Mittagessen im Familienkreis: »Die Nonna fehlt mir so, die im Sarg auf dem Friedhof.«

Ludovico sprach nicht über sie, ich dafür umso mehr, ununterbrochen.

Einen Monat lang durchlebte ich die gleichen Gefühle, wie wenn man sich verliebt: Alle Gedanken sind bei der einen Person, man ist innerlich aufgewühlt, hat Schlaf- und Essstörungen.

Nur dass ich dabei ganz körperlich ein Gefühl des Verlustes hatte, als sei mir ein Arm oder ein Bein abgetrennt worden: Ein Teil von mir war verschwunden.

Ich glaube nicht, dass ich dasselbe empfand, als mein Vater starb. Damals war ich zwar verzweifelter, fing mich aber auch schneller wieder.

Wahrscheinlich lag es daran, dass ich damals jünger und er krank gewesen war und sein Tod sich gewissermaßen angekündigt hatte, vor allem aber daran, dass mein Verhältnis zu ihm ungetrübter war, nicht so kompliziert wie das zu Mama.

Er und ich waren meiner Mutter zufolge die gleichen *Egoisten*, was bei ihr hieß, dass wir Interessen und Hobbys hatten, die über die Familie hinausgingen. Papa war ein Mann des 19. Jahrhunderts, und ich fühlte mich bei ihm immer ein wenig befangen, aber er hatte ein poetisches und freundliches Wesen. Ich glaube, er hat nie ein Wort mit meinen Lehrern gesprochen: Er kümmerte sich um nichts, was mich betraf, typisch für die Männer von früher eben.

In seinem ganzen Leben hat er mich nur ein Mal geohrfeigt. Ich war damals noch klein und hatte gewagt, nach Art meiner Mutter zu sagen: *Aber Papa, wie isst du denn?*, als er sich die Spaghetti lautstark schlürfend in den Mund sog.

Mama hingegen gab mir häufiger Ohrfeigen und Klapse, als ich noch klein war. So viele, dass ich mich nicht mehr an sie erinnere.

Als mein Vater starb, durchlebte ich vier unterschiedliche Gemütszustände.

Am schlimmsten war das Gefühl der Schuld. Weil ich ihm in den Jahren der Krankheit nicht näher gewesen war, aber vor allem, weil ich ihn nicht hatte heilen können: Obwohl Donatella mir sagte, dass Papas Krebs bei seiner Entdeckung bereits gestreut hatte, war ich lange Zeit überzeugt, wir hätten ihn besser behandeln können, wenn ich mich persönlich darum gekümmert hätte und wenn Mama nicht so sorgenvoll gewesen wäre, dass wir ihr eine ganze Weile gar nichts von dem Krebs erzählten.

Ein weiteres, irrationales Schuldgefühl, das angeblich viele Kinder haben, die ihre Eltern beim Sterben begleiten, war, ihn mit den Morphiumspritzen umgebracht zu haben, die ich ihm an seinem letzten Lebenstag setzte. Jahrelang verfolgte mich der Alptraum, ich hätte ihn getötet.

Die guten Gefühle hingegen, die mich retteten und heil aus diesen schweren Jahren hervorgehen ließen, waren zwei: Das erste, stärkere, das mich sofort den Sinn der Dinge wiederfinden ließ, war der Respekt, den ich seinem Tod und gleichzeitig seinem Leben zu schulden glaubte.

Aus Respekt ihm gegenüber musste ich versuchen, das Beste aus mir zu machen, so wie er es gewollt hätte. Und das tat ich.

Das andere Gefühl war das Wissen, dass Papa trotz der letzten vier von der Krankheit zerstörten Jahre ein schönes Leben gehabt hatte, angefüllt mit Träumen, Liebe, Tieren, Freunden, Natur: ein angenehmes und fröhliches Leben.

Für den, der zurückbleibt, ist dieser Gedanke ein Trost, und meine jahrelange Angst war es, beim Tod meiner Mutter nicht das Gleiche zu empfinden.

Doch so war es nicht.

Ich habe erkannt, dass Mamas Leben zwar mühevoller und oft auch trauriger war, aber deswegen keineswegs schlechter.

Vielleicht gibt es gar kein schlechtes Leben.

UNSCHLAGBAR IN LATEIN

Die *Gianna*, wie Papa sie nannte, besuchte in Bologna die *scuola magistrale* Laura Bassi für Grundschullehrer in der Via Sant'Isaia, in der sich heute ein neusprachliches Gymnasium befindet.

Viele Jahre lang hatten ihre Eltern Oliviero und Adele in verschiedenen Haushalten gelebt, sie in Castel San Pietro und er in Bologna. Teils wegen Nonno Olivieros Arbeitsstelle, teils weil die ehemalige Schwiegermutter Elvira, genannt *der Feldwebel*, nie akzeptieren konnte, dass er nach dem Tod seiner ersten Frau Maria wieder geheiratet hatte. Erst mit elf Jahren war Mama mit ihrer Mutter Adele von Castel San Pietro nach Bologna gezogen.

Nachdem Nonno Oliviero beim Bankencrash 1929 sein Institut verloren hatte, war er Bankdirektor beim Banco emiliano-romagnolo von Bologna geworden und wohnte in der Via Argelati. Von sehr reich war er auf einen Schlag fast verarmt. Die Cousinen erzählten mir, dass er diesen Absturz als solche Schande empfand, dass er mit dem Gedanken spielte, sich umzubringen. Mama wiederum erwähnte die neue finanzielle Lage ihres Vaters kein einziges Mal. Vielleicht war das Thema für sie tabu, oder sie war 1929 mit ihren sechs Jahren noch zu jung gewesen, um die Vorgänge zu verstehen. Über ihre Kindheit sagte sie lediglich, dass der Familienalltag sehr schön gewesen sei: Samstags und sonntags kam der Nonno nach Castello, um Frau und Tochter zu besuchen, den Rest der Woche verbrachten die Frauen entspannt unter sich. Nonna Adele arbeitete nicht und kümmerte sich um ihre Töchter Laura und Giannarosa.

Über ihre Jahre auf der weiterführenden Schule erzählte Mama immer ganz idyllische Geschichten und beschrieb sich darin als Klassenbeste im Kreise von Freundinnen, die sie allesamt anbeteten. Was keineswegs übertrieben war.

Als sie starb, fand ich in einer Schublade in ihrem Zimmer ein kleines Heft, datiert auf den 10. Mai 1941, mit Abschiedswünschen zum Schuljahresende und den Adressen ihrer Klassenkameradinnen.

Sie waren in der 3F, im letzten Jahr des Gymnasiums. Mama sollte in weniger als zwei Monaten, am 1. Juli 1941, achtzehn werden.

»Dir ganz besonders, Gianna, gelten meine schönsten Erinnerungen an diese Jahre, dem nettesten Mädchen der ganzen 3F, meiner liebsten Freundin, unschlagbar in Latein. Ich werde immer voller Rührung an Dich zurückdenken, auch wenn Du eine gebildete Lateinlehrerin sein wirst. Ich hoffe, auch Du wirst Dich hin und wieder an die Freundin erinnern, die hinter Dir saß und Dir bei den mündlichen Abfragen in Mathe und Physik den kleinen Schutzheiligen lieh, damit er Dir zu guten Noten verhalf«, schrieb eine Rosanna Casadio Gaddi, die in der Via Nicolò Dall'Arca 26 wohnte.

Das passt. Unschlagbar in Latein, dafür eine Niete in Mathe und Physik, genau wie wir.

Gut in Latein und zudem großzügig, die *Gennerosa*, findet Anna Maria Ramponi, die schreibt: »Ich werde nie unsere obernette Bianchi vergessen und ihr schrilles Lachen, das im ganzen Klassenraum zu hören war. Und ich werde nie die gefährlichen Wanderungen der berühmten Spickzettel vergessen, die meine Rettung waren.« Oder Bebè Pausini, die sagt: »Dich kann man nicht vergessen, nicht nur wegen Deiner sympathischen Art, sondern vor allem aus Dankbarkeit für die Unterstützung, die mich in den Lateinstunden aus Deiner Richtung erreichte.«

Dass Mama sympathisch war, hatte ja auch die Ärztin mit dem violetten Lidschatten aus der Notaufnahme schnell festgestellt: Sie strahlte eine spontane und direkte Art von Sympathie aus. Ihre Selbstlosigkeit beschränkte sich im Alter auf wenig organisierte Ausrutscher von Großzügigkeit. Sie war zu ungeduldig und zu empfindlich, um anderen ernsthaft zu helfen. Zwar gab sie jedem Almosen, der darum bat, doch eine konkrete und dauerhafte Hilfe konnte sie niemandem mehr bieten. Zu irrational war sie geworden, zu pessimistisch und zu müde.

»Für die netteste meiner Klassenkameradinnen und auch die lauteste«, schrieb ihr Nettorina Ghelli aus der Via Galliera 69.

»Erinnerst Du Dich an den Eintrag und das Geschrei vom schrecklichen Professor Lanzò, weil wir im Klassenzimmer getanzt haben?«, fügt eine Emilia aus der Via Saragozza 198 hinzu.

»Weißt Du noch, Gianna, die Rangeleien unter den entsetzten Augen der Lehrer und wie wir in der Klasse getanzt haben? Einmal werde ich, Deine rechte Banknachbarin, noch von Dir träumen, von Deinen vorwurfsvollen Blicken, wenn ich mich puderte, und von Deiner Bürste, die ja auch zu etwas nutze war. Du musst sie vergolden lassen und Dir zu Hause an die Wand hängen«, schreibt ihr Leda Galletti. Bürste ja, aber Puder nein? Als ich das las, musste ich an die vergoldete Bürste denken, die tatsächlich mindestens zwanzig Jahre lang in Mamas Zimmer hing, auch wenn ich mir nicht vorstellen kann, dass es sich ausgerechnet um die von ihrer Freundin Leda erwähnte handelte.

Marialuisa Borea schrieb wiederum: »Eine Zeitlang habe ich Dich gehasst, weißt Du noch? Jetzt mag ich Dich, doch auf eine andere Art, die fast an Unterwerfung grenzt. Du bist so schön und gut, dass man Dich wirklich vergöttern könnte.«

Und noch einmal Leda: »Wenn Du mal alt bist und Rheuma hast, so erinnere Dich an all die Gymnastik, die Du immer gemacht hast, dann vergehen die Schmerzen.«

Als Mädchen hatte Mama tatsächlich viel Gymnastik gemacht, immer am faschistischen Samstag. Die Sommermonate verbrachte sie in Dobbiaco mit der faschistischen Jugendorganisation »Gioventù del Littorio«, zusammen mit vielen anderen aus ihrer Klasse, darunter auch ihre Busenfreundin Paola Francia.

Doch das schützte sie nicht vor den Knieschmerzen, die sie, wie Leda es vorhergesehen hatte, mit über siebzig quälten. Bevor wir ans Meer fuhren, zwangen wir sie daher immer, sich Kortisonspritzen geben zu lassen, was sie regelmäßig bis zur letzten Minute aufschob – wegen des ihr eigenen Umgangs mit den Ärzten, die sie *nicht belästigen* wollte.

Über Professor Orlandi, der ihr mit unendlicher Geduld jeweils im Mai und November schmerzstillende Injektionen in die Knie gab, sagte sie hingegen, er sei ein Heiliger. Sie mochte ihn sehr, und er war der einzige Arzt, den sie in den letzten Jahren überhaupt aufsuchte. Anfangs erklärte Orlandi ihr, dass nur ein chirurgischer Eingriff eine definitive Lösung ihres Problems bringen könne, doch nachdem er sehr schnell ihr Wesen durchschaut hatte, beschloss er, ihr stattdessen die Injektionen zu setzen und die Operation nicht mehr zu erwähnen. Dabei fand er sogar Zeit, ein wenig mit ihr zu plaudern, und es gelang ihm, sie mit seiner Geduld und Höflichkeit aufzuheitern.

Nach diesen Sitzungen fühlte sich Mama gleich besser und war für den Sommer gewappnet – ihre liebste Jahreszeit, in der sie sich verwandelte und wieder froh und munter wurde –, aber in gewisser Art auch für den Winter, den sie nicht leiden konnte. *Ich hasse ihn*, sagte sie stets aus tiefster Seele. Diese Aversion steigerte sich von Jahr zu Jahr, was größtenteils dem ferraresischen Klima zuzuschreiben war, dem Nebel, den langen trüben und lichtarmen Tagen, an denen sie gezwungen war, den Großteil des Tages zu Hause zu verbringen.

Dem Freundschaftsbüchlein kann man auch einige Details über ihre erste Liebe entnehmen, Elio Bruzzi, den sie aber auch ein wenig ablehnte, weil eine Klassenkameradin gesagt hatte, er sei *viel zu rotgesichtig*.

»Elio, unbesonnene Liebe«, steht mit Rotstift an den Heftrand geschrieben.

Sie hatte ihn im Sommer zuvor, ein Jahr vor diesen Widmungen, im Ferienlager von Dobbiaco kennengelernt. Das erklärt auch Giulias Satz: »Ich möchte Dich nicht an die Ängste, die Paukerei oder unsere Streiche erinnern, sondern an ein Datum: den 16. Juli. Das sollte wohl reichen. Ein Datum, das wir auch nach vielen, vielen Jahren nicht vergessen werden … es war ein schöner Sommermorgen, und eine Gruppe von Jungen und Mädchen … Während das Datum für Dich nichts als reine Freude bedeutet, wird es mir leider immer in sehr trauriger Erinnerung bleiben … wer weiß, vielleicht auch nicht, aber höchstwahrscheinlich doch.« Offensichtlich war Giulia bei dem von ihr erwählten Jungen weniger erfolgreich gewesen als Mama.

Emilia aus der Via Saragozza, die mit »Deine Fast-Paranymphe« unterschreibt, wünscht ihr »von ganzem Herzen alles Gute, dass Du ein glückliches Leben hast, an der Seite, warum nicht, Deines geliebten Elio«, während ihre angebetete Pultnachbarin Paola, aus der Via Oberdan 45, schreibt: »Meine (Elio möge es mir verzeihen) liebe Gianna, ich habe Dich sehr gern, auch wenn mir manchmal ›blöde Kuh‹ herausgerutscht ist. Wir sehen uns bald in Dobbiaco wieder und dann hoffentlich in den Hörsälen der ruhmreichen Universität, mit den ersehnten blauen Schulterklappen.«

Elio wurde für Gojko sitzengelassen, den blonden montenegrinischen Dandy, dem Mama an der Universität Ca' Foscari in Venedig begegnete, wo sie sich nach der Grundschulausbildung für Sprachen und Literatur einschrieb, und Gojko wurde wiederum für meinen Vater verlassen. Doch Elio war nicht so faszinierend wie Papa und Gojko. Es gibt ein Foto von ihm aus dem Jahr 1940, wo er und Mama unter dem mittelalterlichen Porticus del Pavaglione auf der Piazza Maggiore in Bologna entlangspazieren: Er ist blond und hübsch, mit jungenhaft verträumtem Blick.

Auf den letzten Seiten des Freundschaftsbüchleins findet sich ein Gedicht, das Mama am 14. September 1941 niedergeschrieben hat, mit ihrer eleganten Handschrift, die sie mir nicht vererbt hat.

Sie war gerade achtzehn geworden, und der Titel des Gedichts lautet »Liebe«:

Ich finde ihn interessant
Ich finde ihn nett
Er gefällt mir

Ich liebe ihn.
Schön und willkommen
Seine Stimme
Leichtes Zucken überspielt
Wenn er kommt
Wenn er kommt
Freude aller Dinge
Liebe.
Wie schnell sie vergehen, die Stunden mit ihm
Werde ihn sehen ihn nicht sehen
Drei zwei
Eine Stunde noch dann ist er da
Wie beredt das
Schweigen
Zwischen ihm und mir wie
Intensiv
Nicht fliehen nicht fliehen
Zeit
Stiehl mir nicht
Meine Liebe
Liebe ist
Das einzig Wahre des Universums
Das Einzige, wofür
Das Leben lohnt
Das Leben Leben ist.

Mir scheint, Mama war beim ersten Mal mehr in die Liebe verliebt als in Elio, von dem wir nur wissen, dass er aus einer angesehenen Bologneser Familie kam und eine Schwester hatte, mit der Mama eng befreundet war. Auf der Rückseite jenes Fotos unter dem Portikus steht eine Widmung von ihr: »Meine liebe Gianna, wie gern hätte ich Dich als Elios Lebensgefährtin gesehen.«

Von Elio selbst fanden wir nur eine Postkarte, auf der stand: »Ich habe sehr gelitten. Ich liebe Dich. Elio.«

Nach vielen Jahren sahen sie sich einmal wieder, nachdem Papa ihn bei der Arbeit getroffen und mit nach Hause gebracht hatte, um Mama zu überraschen. Und auch wenn wir den Ausgang der Überraschung nicht kennen, können wir uns ihre Verlegenheit vorstellen.

Wenn die Rede auf ihn kam, sagte Mama manchmal nur: »Wenn ich Bruzzi geheiratet hätte, wäre mein Leben leichter gewesen.« Ich glaube, sie spielte damit nicht auf die finanzielle Situation an, sondern vielmehr auf Papas Wesensart. Auch ich dachte manchmal, wenn sie einen *Sanluigigonzaga* geheiratet hätte, vielleicht langweiliger als mein Vater, aber präsenter und greifbarer, wäre sie eventuell besser vor ihren Ängsten geschützt gewesen. Aber wer weiß, vielleicht hätte sie an der Seite eines *Sanluigigonzaga* stattdessen Depressionen bekommen.

Ein anderes Gedicht, das ganz am Ende des Freundschaftsalbums steht, ebenfalls von Mama am 14. September notiert, heißt »Glück« und klingt in meinen Ohren wie ein Rap von Jovanotti:

Bilder voll Klarheit und Glanz
Strahlen aus Sonne aus Mond
Freude dieser Welt

Glück
Ich liebe die Blume
Ich liebe
Ich liebe das Buch
Ich liebe
Schön human
Schnell vergangen und froh
Stunden um Stunden
Jede Minute ist
Ein intensiver Moment des Lebens
So schön ist es
Den Geist zu gebrauchen
Das Herz die Arme
Fröhliches Aufschlagen
Der Augen ins Licht
Fülle des Lebens
Vergessen das Dunkel
Den Tod den Schmerz
Im steten Fluss
Volle, glänzende
Lebensfreude
Glück.

Zu jener Zeit lebte Nonna Adele noch, wenn es ihr auch schon sehr schlecht ging.

Sie starb sechs Monate später, am 23. Februar 1942, mit sechsundfünfzig, nachdem meine achtzehnjährige Mutter sie gepflegt und ihr die Morphiumspritzen gesetzt hatte. Wer weiß, ob auch Mama je die Angst verspürt hat, sie getötet zu haben.

VENEDIG, FERRARA UND DIE KATSE VON PREGNOLATSE

Nonna Adeles Tod hinderte Mama nicht daran, in Venedig alle Prüfungen des ersten Jahres ihres Sprachstudiums abzulegen.

Die ersten Prüfungen aus ihrem Studienbuch, das ich in der besagten Schublade fand, sind vom Juni 1942, da war sie noch keine neunzehn.

Ihre Noten waren zunächst nicht besonders: 25 von 30 Punkten in Pädagogik, 26 in Geschichte und 21 in russischer Literatur, dann endlich 30 Punkte in italienischer Literatur, ihrem Lieblingsfach.

Im darauffolgenden Jahr, als ihre Eltern wegen der Bombenangriffe von Bologna nach Castel San Pietro ziehen mussten, legte sie im Juni nur drei Prüfungen ab, alle mit höchster Punktzahl. In italienischer Literatur- und Sprachwissenschaft, französischer Literatur- und Sprachwissenschaft und Geschichte II.

1944 nur eine Prüfung, 1945 dafür ganze sieben, das Jahr, in dem sie und mein Vater heirateten.

1946, im ersten Ehejahr, dann vier, und danach keine mehr bis 1950, als meine Schwester geboren wurde.

Dann wieder eine Prüfung im Jahr, von 1953 bis

zur letzten 1955: 27 Punkte in Kunstgeschichte. Insgesamt waren es 22 Prüfungen. Gerade genug für ihren Abschlusskurs, plus einer zusätzlichen, die sie wegen des Wechsels von Venedig nach Urbino hatte ablegen müssen, wo sie 1948 weiterstudierte – vielleicht weil sie hoffte, es dort leichter zu haben.

In der Zwischenzeit waren Papa und sie aber nach Ferrara gezogen, und sie arbeitete schon als Lehrerin: Das Leben war schnell ernster geworden als gedacht. Und dann gab es noch das Problem mit der verhassten Abschlussarbeit, die ihr der Hochschulrektor und Literaturkritiker Carlo Bo gegeben hatte.

Noch vierzig Jahre später sprach Mama voller Ingrimm von dem armen Carlo Bo, und selbst als er vor einigen Jahren in hohem Alter starb, verzieh sie ihm nicht. Ihm schrieb sie die komplette Schuld zu, dass sie den Abschluss nicht geschafft hatte, nicht etwa ihrem mangelnden Durchhaltevermögen.

Es war nämlich so, dass dieser Carlo Bo, Rektor der Urbiner Hochschule und Inhaber des Lehrstuhls für französische Literatur, an dem Mama die Arbeit schreiben wollte, ihr ein Thema gegeben hatte, das sie nicht mochte und für das sie angeblich wenig Material fand: eine Abhandlung über einen obskuren französischen Autor namens Abel Hermant. Mama unterstellte ihm bösen Willen und behauptete, er hätte das absichtlich getan, weil er gerne der Faszination hübscher Studentinnen erlag und sie ihn hatte abblitzen lassen, Carlo Bos Angehörige mögen mir verzeihen. Wie ich Mama kenne, ist es jedoch viel wahrscheinlicher, dass sie in Carlo Bo einen Sündenbock für ihren mangelnden

Sinn fürs Praktische suchte und vor allem einen Vorwand, sich einmal mehr über ihr Ungemach beklagen zu können.

Bevor sie sich auf jener Wanderung von Castello nach Bologna unter dem Bombenhagel in Papa verliebte, hatte Mama in Venedig Gojko Nakić kennengelernt, einen jungen Mann aus Cattaro, der mit Hilfe eines Stipendiums der Faschisten in Italien Wirtschaftswissenschaften studierte und für den sie *den armen Elio Bruzzi* verlassen hatte.

Auf Bildern sieht Gojko aus wie ein Filmstar von damals: groß, elegant, blond, immer in hellen Anzügen und zweifarbigen Schuhen wie Nonno Oliviero. Donatella schickte mir ein Foto von ihm und gab ihm den Spitznamen Gustav Gans wegen seiner gewellten Haare und des eitlen Gesichtsausdrucks.

Mama erzählte immer, dass sie es bei ihrer ersten Verabredung vor lauter Aufregung nicht fertiggebracht habe, an dem Eis, zu dem er sie eingeladen hatte, auch nur zu lecken, und es nach ein paar Metern möglichst unauffällig in einen Kanal habe fallen lassen.

Gojko und Mama mochten sich, doch in politischen Fragen waren sie uneins: Sie war Faschistin, während er das Regime kritisierte. Daher verspottete sie ihn, dass er ja mit seinem Stipendium, *das er nicht einmal nötig hatte, weil er aus wohlhabender Familie stammte*, von dem so kritisierten Faschismus profitiere.

Außerdem war er *oberflächlich, selbstverliebt und lernfaul*, sagte Mama, *aber ein Romantiker, der die Mäd-*

chen zu bezirzen verstand. Und er war der bestaussehende Student der ganzen Ca' Foscari.

Sie verließ Gojko für Papa, zu Nonno Olivieros Freude. Der hatte den Ausländer nicht gerade mit Wohlwollen beäugt, weil er seine Gianna ja sonst wohin hätte schleppen können, wenngleich ihm seine politischen Ansichten und vor allem seine Schuhe gefielen.

Mit Gojko stand Mama noch lange in Briefkontakt, auch als er nach Australien auswanderte, um einen Handel mit Luxuslimousinen aufzuziehen.

Bevor er dort landete, reiste er durch den Nahen und Fernen Osten und schickte ihr Ansichtskarten und Grüße aus Saigon, Singapur, Bombay und vor allem Ceylon: Auf einer Postkarte vom März 1959 teilte er ihr mit, dass er sich am nächsten Tag nach Fremantle einschiffen würde, eine Stadt im Westen Australiens, und ihr wieder schreiben würde, sobald er dort sei. Meine Schwester erinnert sich, dass Mama viele Briefe aus Perth, der Stadt, in der er sich niederließ, vorlas. Gojko erzählte ihr darin von seinem neuen Leben und fügte auch stets Grüße an Papa und Donatella an.

Eines Tages dann hörte er auf zu schreiben, und Mama schloss daraus, dass *er garantiert gestorben ist, weil er sonst weiter schreiben würde.*

Kurz nach der Hochzeit zogen sie und Papa in die Via Alidosi am Pontevecchio in Bologna. Zu der Wohnung gehörte ein großer Balkon, und mein Vater hielt sich dort so viele Tiere wie möglich: Meerschweinchen,

Schildkröten, Turteltauben und einen Hund namens Niki, den er abends beim Nachhausekommen immer mit den Worten rief: *Niki, komm zu Papa, jetzt geht's raus, Kräuterchen gießen.*

Niki ging in die Geschichte ein, weil er eines Abends vor lauter Wiedersehensfreude einen so hohen Sprung tat, dass er aus dem Fenster stürzte und sich eine Pfote brach. Ein anderes Mal trank er Chlorreiniger aus dem Putzeimer, woraufhin er ein Stückchen seiner Zunge verlor. Meine Eltern müssen diesen Hund, einen Foxterrier, als ihr erstes Kind betrachtet haben, denn ich und meine Schwester können uns gut an ihn erinnern, ohne ihn jemals kennengelernt zu haben. Liegt es daran, dass seine Selbstverstümmelung uns so vertraut klingt?

Über diese zwei, drei Jahre in Bologna wissen wir wenig, vermutlich waren es schöne Jahre.

Der Krieg war zu Ende, und sie hatten noch keine Kinder. Donatella kam erst fünf Jahre später auf die Welt, als sie schon nach Ferrara gezogen waren.

Mama studierte, und Papa arbeitete, nachdem er bei der Armee den Dienst quittiert hatte, als Förster, auch eine Tätigkeit, die ihm gefiel, weil er so viel in der Natur und bei den Tieren sein konnte. Er mochte alle Tiere, angefangen bei den Schildkröten, die er sich im Garten oder auf dem Balkon hielt, bis zu den Hirschen im Boscone della Mesola, dem weitläufigen Naturschutzgebiet des Podeltas, in dem er beruflich häufig zu tun hatte.

Ich kenne nur ein Bild von Mama aus jener Zeit,

das ganz im pompösen Stil der Nachkriegsfotografie gehalten ist: einen weißen Tüllumhang um die nackten Schultern gelegt und den Blick gen Himmel erhoben. Darunter steht: »Für meinen lieben Vicolino aus ganzem Herzen, Dein Frauchen Gianna«. Und aus derselben Zeit gibt es ein Bild von Papa in Uniform mit der Widmung auf der Rückseite: »Für Gianna, damit sie niemals ihren Vico vergisst«.

Eins der wenigen Ereignisse, von denen unsere Eltern aus jenen Jahren in Bologna erzählten, war Mamas Operation an der Milz, nur ein paar Monate nach ihrer Hochzeit.

In der Nacht zu Aschermittwoch bekam sie plötzlich schreckliche Bauchschmerzen, und mein Vater fuhr eiligst mit ihr zur Notaufnahme ins Krankenhaus Sant'Orsola.

Sie hatte sehr hohes Fieber und schien im Sterben zu liegen: Mein Vater und Nonno Oliviero waren verzweifelt. Die Ärzte wussten nicht, was es war, und entschieden sich für einen sofortigen Eingriff. Sie riefen einen berühmten Chirurgen an, der jedoch nicht in Bereitschaft war, sondern bei einer Karnevalsveranstaltung.

Mama erzählte, dass diese Koryphäe also im Smoking und leicht angetrunken bei ihr auftauchte, sie im wachen Zustand exzellent operierte und ihr so das Leben rettete, ohne auch nur die Abendrobe abzulegen.

Als er ihr die Bauchdecke öffnete, stieß er auf eine vergrößerte Milz, eine Riesenmilz, die über achthundert Gramm wog. Er entfernte sie, und am nächsten

Morgen stand sie fieberfrei auf und verlangte nach dem Frühstück. Nonno Oliviero, der sich für alles interessierte, schrieb eine Abhandlung über Mamas Milz, und die Milz wurde durch ihre häufige Erwähnung ein weiterer Familienmythos.

An dem vertikalen Bauchschnitt, einer gruseligen, dreißig Zentimeter langen Zickzacklinie, sah man, dass der Chirurg nicht unbedingt eine ruhige Hand bewiesen hatte, doch war sie ihm trotzdem dankbar und beklagte sich nie über die Narbe, die ihr den zweiundzwanzig Jahre jungen Körper verunzierte. Im Gegenteil, es schien, als mochte sie sie. Heute frage ich mich, wie dieser unvorhergesehene und entstellende Eingriff die Intimität zwischen meinen Eltern wohl verändert hatte: Die beiden waren damals erst acht Monate verheiratet und kannten sich seit einem Jahr, sie mussten auf dem Gipfel ihrer Leidenschaft gewesen sein. Wahrscheinlich verheilte die Wunde bei Mamas Jugend schnell, vielleicht vergrößerte sie auch die Zärtlichkeit und Intensität ihrer Beziehung.

Bald schon wurde auch die Milz zum Sündenbock. Mama war überzeugt, dass man ihr niemals die Mandeln herausnehmen dürfe, weil sie keine Milz mehr habe. Aus demselben Grund verschob sie zehn Jahre lang eine Operation am grauen Star. Wenn sie sich in den Kopf gesetzt hatte, dass sie keine Medikamente nehmen oder sich nicht gegen Grippe impfen lassen konnte, wie der Arzt es ihr verschrieb, führte sie immer die Milz ins Feld, gegen die wir beim besten Willen nichts ausrichten konnten. Eine weitere Fixierung von ihr war das Ormobyl, ein Abführmittel, das sie jahrzehntelang Abend für Abend schluckte, bis es vor einigen Jahren vom Markt genommen wurde, was sie in lebhafteste Empörung versetzte. Ohne ihr Ormo, so die innerfamiliär vertraute Abkürzung, konnte sie nicht leben, würde sie auf ewig verstopfen, denn ihr zufolge hatte die Entfernung der Milz ihre Darmaktivität in Mitleidenschaft gezogen. Jahrelang stieß man in den Schubladen auf dutzendweise Ormobyl-Packungen: schwarze Pillen, die sie in einem Ruck ohne Wasser hinunterschluckte, mit einer Könnerschaft, die sie in keinem anderen Bereich des Lebens erreichte. Wir sagten immer, wenn sie sich mal den Unterleib würde röntgen lassen, wäre höchstwahrscheinlich nichts zu erkennen, weil dort drinnen alles ein einziges, schwarzes Ormobyl sei.

»*Ihr dummen, dämlichen Küüühe*«, erwiderte sie schrill, »ich kann eben nicht ohne!« Als Ormo wegen seiner möglichen Nebenwirkungen verboten wurde, war sie persönlich beleidigt, aber da sie noch einen enormen Vorrat hatte, nahm sie ungeachtet aller Risiken monatelang weiter ihre Pillen. Nachdem der Vorrat aufgebraucht war, schaffte sie es innerhalb von drei Tagen, ohne Ormobyl auszukommen, nachdem sie es mindestens zwanzig Jahre lang für überlebenswichtig gehalten hatte.

1947 wurde Papa vom Forstamt nach Ferrara versetzt. Nonno Oliviero, der dort gearbeitet hatte, beschrieb Mama die Stadt als menschenleer, winters in Nebel und sommers in schwülwarme Luft getaucht. Sie war nie dort gewesen, hatte nur manchmal auf dem Weg nach Venedig vom Zug aus das Schild am Bahnhof gesehen. Ganz sicher hatte sie sich niemals vorgestellt, hier einundsechzig Jahre ihres Lebens zu verbringen.

Sie zogen in die Via Soncina, ein typisches Ferrareser Haus mit zwei Etagen, großem Eingangsbereich und einem Schuppen hinten im Garten, wo Papa ein Gehege für Fasane errichtete und sich zwei Jagdhunde hielt, neben der Katze natürlich und der unvermeidlichen Schildkröte. Der Garten verwandelte sich in kürzester Zeit in eine Arche Noah: Es tauchten auch *Riesenratten* auf, die in der Dämmerung übers Dach des Holzschuppens rannten, und eines Abends kurz vor der Dunkelheit postierte sich Papa – der nicht nur ein sehr guter Jäger, sondern auch ein eifriger Tontaubenschießer war – mit seinem Karabiner an einem Fenster des Hauses, zielte und machte sie eine nach der anderen kalt, während sie kreuz und quer über das Dach flitzten.

Wir waren immer ganz fasziniert von dieser Geschichte, doch Mama beschränkte sich auf den Kommentar, dass die Nachbarn sich nicht beschwert hätten, im Gegenteil, sie hätten ihn beglückwünscht.

Donatella behauptet, das Haus in der Via Soncina sei richtig schön gewesen, doch als es ihnen zu einem sehr günstigen Preis zum Kauf angeboten wurde, lehnten meine Eltern ab, weil es die Hausnummer 13 hatte, eine Zahl, die Mama hasste und der sie die Schuld an einem unglücklichen Ereignis dieser Jahre gab: Mein Vater hatte beim Kartenspiel eine hohe Summe verloren. Mamas Stimme bekam bei dieser Sache immer einen tragischen Unterton, und sie rückte keine Details heraus, doch ich kann mir denken, wie sehr sie darunter gelitten hat. Ich glaube, es war die erste große Enttäuschung, die Papa ihr bereitete, abgesehen von dem Umstand, dass er schon in den Flitterwochen lautstark schnarchte.

Er hingegen strahlte noch als alter Mann bei der bloßen Erwähnung eines Spielcasinos und besuchte hin und wieder eines, allerdings immer seltener und manchmal in Begleitung von Mama. Sie fuhren nach San Remo und nach Venedig, und obwohl sie nur um kleinere Beträge spielten, amüsierte er sich königlich und kehrte immer mit stolzgeschwellter Brust zurück.

Das Spiel und die Frauen schienen für ihn ein romantischer und manchmal gefährlicher Sport zu sein, der ihn an seine Jugend und die Zeiten erinnerte, als er noch Vico Bignardi war, der faszinierende Veterinärssohn, der Junge, dem die Welt zu Füßen lag, und nicht der dicke und langsame Commendatore Bignardi.

Die in Latein unschlagbare Klassenbeste legte alle Examen an der sprachwissenschaftlichen Fakultät ab, hatte aber nicht den Mut, *dieses Arschloch Carlo Bo*, wie sie ihn seitdem nur noch nannte, um ein anderes Thema für ihre Abschlussarbeit zu bitten. Erst Anfang der fünfziger Jahre, als Donatella noch klein war, bekam Mama eine reguläre Stelle als Lehrerin in Marrara, einem Örtchen im Umland von Ferrara, wohin sie sich jeden Morgen mit dem Taxi chauffieren ließ.

Sie und ihre Kolleginnen Lea Facchini und Emma Colombo hatten sich mit einem Taxifahrer abgesprochen, der sie mit seinem schwarz-grünen Fiat 1100 für ein paar Lire eine nach der anderen zu Hause abholte und zur Schule fuhr. Die drei Junglehrerinnen unterhielten sich prächtig bei diesen Fahrten, lachten und gackerten die ganze Zeit, bis die Busunternehmen den Fahrer wegen unlauteren Wettbewerbs oder so etwas anzeigten und sie auf ihn verzichten mussten.

Vor Marrara hatte Mama in Casaglia unterrichtet, wohin sie bis 1949 mit ihrem Mosquito gefahren war, einem der motorisierten Fahrräder jener Zeit. Sie erzählte uns, dass sie jeden Morgen einer weißen Kuh begegnet war, die sich mitten auf die Straße gestellt und sie in Angst und Schrecken versetzt hatte. Mama war überzeugt, dass die Kuh ihre Angst gespürt und mit voller Absicht dort auf sie gewartet hatte, um sich an ihrem Schrecken zu weiden.

Die Arbeit über den verhassten Abel Hermant hatte Mama schließlich doch noch beendet – wir haben sie gefunden. In einem Schreibblock mit blauem Kartoneinband, dicht an dicht beschriebene Seiten, eine Hälfte mit roter Tinte, die andere mit blauer Tinte, ohne durchgestrichene Stellen. So wie ich sie kenne, hat sie seine Werke und die Sekundärliteratur gelesen und dann die Arbeit in zwei Sitzungen, *ohne hinzusehen*, runtergerissen, mit den Füllern, die ihr gerade unterkamen. Es war eine ausgezeichnete Arbeit. Hätte sie sie abgegeben, hätte sie garantiert einen Abschluss mit Bestnote bekommen.

Wer weiß, warum sie sich entschloss, sie zurückzuhalten. Natürlich gibt es viele Menschen, die es einfach nicht schaffen, das Studium abzuschließen, selbst wenn sie das Gröbste bereits hinter sich haben. Sie war jedoch immer eine gute Schülerin.

Ich interpretiere das so, dass das nicht beendete Studium ihr ein willkommener Anlass zur Klage war, eine Art Beschwörungsformel, die sie vor größerem Unheil bewahrte. *Ich habe ja schon mein Studium nicht abschließen können, obwohl ich in der Schule immer Klassenbeste war, da wird mir doch nicht noch einmal so etwas passieren, nicht wahr?!*

Meine Mutter, wie ich sie kennengelernt habe, hatte immer etwas Negatives in petto, das sie heraufbeschwören konnte, und wenn nicht, bildete sie es sich einfach ein. Manchmal waren es bedeutsame, meist aber winzige, nebensächliche Dinge. Wenn wir beispielsweise in ein bestimmtes Restaurant oder Kino gehen wollten, sagte sie: *Das ist bestimmt schon ausverkauft. Alle Tische besetzt. Da finden wir nie einen Parkplatz. Wenn wir ans Meer fahren, regnet's sowieso:* Mamas erster Gedanke bei allem und jedem war immer schwarz. Das schützte sie vor der möglichen Enttäuschung.

Als Kind machte mich diese Manie geradezu wahnsinnig, und ich sagte immer zu ihr: »Mama, was wirst du nur tun, wenn du mal ein echtes Problem hast?«

Als dann das echte Problem in Form von Papas Krebs kam, nützten ihr die Beschwörungsformeln tatsächlich ein wenig. Um Mama vor sich selbst und uns vor ihr zu schützen, sagten wir ihr erst gar nicht, wie die Dinge wirklich lagen, und sie wollte es auch nicht wissen – bis es nicht mehr zu leugnen war.

Die Zeche für diese unbehandelten Ängste zahlte die ganze Familie, und als Kind war ich deshalb sehr wütend auf sie, auch wenn sie im Grunde keine Schuld traf: Ihr Leben war einfach zu mühsam und entbehrungsreich für ein Mädchen, das eigentlich einen Prinzen hätte heiraten müssen, wie Zio Fifo immer gewitzelt hatte.

Sie hingegen sagte über sich: *Ich wollte immer Journalistin werden und habe es nicht mal zur Zeitungsverkäuferin gebracht*, und in den Momenten größerer Verbitterung schnaubte sie, sie sei *eine Sklavin der Familie*, oder auch nur *Sssklavin!* mit scharfem s und Ausrufezeichen.

Möglicherweise interpretiere ich ihren fehlenden Hochschulabschluss auch falsch: Vielleicht war es einfach so und fertig. Sie hatte geheiratet, musste arbeiten, da Papas Förstergehalt nicht ausreichte, und man weiß ja, wie das ist, wenn man erst mal im Arbeitsalltag drin ist. 1950 kam dann meine Schwester auf die Welt, und mit Kind wird all das noch schwieriger.

Studieren, arbeiten, sich um Kind und Haushalt kümmern, mit wenig Geld und ohne Verwandte, die ihr unter die Arme greifen konnten: Wie hätte sie da in Urbino ihre Abschlussarbeit präsentieren können, schlecht organisiert, wie sie war?

Ihre Erzählungen aus den Jahren als Junglehrerin waren unterhaltsam: Sie handelten von großen Opfern, aber auch von einzigartigen menschlichen Erfahrungen. Neben dem Taxifahrer von Marrara und der Kuh von Casaglia gehörte die *Katse von Pregnolatse* zu ihren Lieblingsgeschichten, eine Episode aus der Zeit, als sie in Codigoro unterrichtete, einer Ortschaft vierzig Kilometer südlich von Ferrara, die sie mit der *litterina*, dem Dieseltriebwagen der Bahn, erreichte.

Sie unterrichtete die einzige altersgemischte Klasse einer Zwergschule mit sechsundfünfzig Kindern vom ersten bis zum fünften Schuljahr, Kinder von Fischern und Bauern, die selbst halbe Analphabeten waren.

Eines Tages fing sie einen Zettel ab, der durch die Reihen ging.

Darauf stand: *Lieber Pregnolatse, kom heute nachmitag su mir dann sämen wir die Katse.*

Zusammen mit *Contadin Fortunato* gehört dieser *Pregnolatse* und die *Katse*, die *gesämt* werden soll, zu den Persönlichkeiten, auf die Donatella und ich immer gerne zurückkommen.

Wie auch die Geschichte von Papas Vertretungsstunden: Eines Tages hatte Mama so hohes Fieber, dass sie nicht in die Schule gehen konnte. Da es an ihrer Schule aber weder eine Sekretärin noch Kollegen gab, konnte keiner sie vertreten. Also schickte sie, als sei es das Natürlichste auf der Welt, Papa zur Schule, der den Kindern volle vier Unterrichtsstunden gab. An diesem Tag waren die sechsundfünfzig Schüler wahre Engel, und im Klassenraum hörte man nicht mal das Surren einer Fliege.

Mama sagte immer, sie habe bis zum fünften Monat nicht gemerkt, dass sie mit Donatella schwanger war: Sie war schlank, fuhr mit dem Roller nach Casaglia –

die neue Schule, an die man sie versetzt hatte – und bekam weiterhin ihre Tage, was manchmal vorkommt.

Als ihr gesagt wurde, dass sie ein Kind erwarte, war sie erstaunt, fuhr aber weiterhin mit dem Mosquito zur Schule.

Trotz ihres Pessimismus war Mama das Gegenteil eines Hypochonders. Krankheiten blendete sie einfach aus, eben weil sie sie *belasteten*.

Bis in die achtziger Jahre habe ich so gut wie nie erlebt, dass sie mit Grippe im Bett lag oder sich wegen eines Schnupfens die Nase putzte. Erst in letzter Zeit holte sie sich, wie alle anderen auch, mindestens einmal im Winter eine Erkältung.

Ich weiß nicht, wie sie ihre Schwangerschaften hinter sich brachte. Die mit meiner Schwester wahrscheinlich, *ohne hinzusehen*. Nach der Geburt war sie schnell wieder schlank, erst ein paar Jahre später nahm sie dann zu. Als sie mit achtunddreißig mich bekam, legte sie ziemlich viele Kilos zu, und empört erzählte sie, dass sie sogar dicke Beine bekommen habe, obwohl die doch immer zart und schlank gewesen seien.

Dennoch kümmerte sie sich nie besonders um ihre Figur, im Gegenteil, sie fand sich dick schöner, zumindest behauptete sie das.

Als alte Frau bekam sie einen dicken Bauch, und wenn sie ein wenig abnahm, zum Beispiel in einem tristen Winter, in dem sie kaum Appetit hatte, behauptete sie, sie sei zu dünn, auch wenn sie über siebzig Kilo wog.

EIN TESTAMENT. CASTELLO UND DIE WURZELN

Die Verstorbenen haben meine volle Solidarität: Sie hatten es nicht leicht, geboren zu werden, zu leben und zu sterben.

Ich studiere gerne die Todesanzeigen der Tageszeitungen. Aus den Namen, den Abschiedsworten der Verwandten, aus Alters- und Ortsangaben versuche ich ihre Lebensgeschichten zu rekonstruieren und die Umstände, unter denen sie gehen mussten. All das berührt mich.

Die Opfer von Gewaltverbrechen überspringe ich, weil die Brutalität ihres Todes ihrem Leben die Schau stiehlt. Sie sind keine Frauen und Männer mehr, sondern Opfer: unvollendete Schicksale.

Um in Würde zu sterben, braucht es ein sinnerfülltes Leben und ein entschiedenes Ende: eine Krankheit, ein fataler Unfall, eine dramatische Entscheidung.

Mein eigener Tod jagt mir keine Angst ein, im Gegenteil, er rührt mich. Die einzige Sorge gilt meinen Kindern: dass sie nicht auseinandergehen, denn sie wurden mit dem Gedanken empfangen, Geschwister zu sein. Sie haben verschiedene Väter – könnte ich sie überzeugen zusammenzubleiben, wenn ich sterbe?

Es sind tolle Väter, die neue Wohnung ist groß, vielleicht könnte ich es.

Fast überlege ich, ob ich das ins Testament aufnehmen soll. Auf die Worte einer Toten muss man einfach hören: »Wenn ich sterben sollte, bevor Ludovico und Emilia erwachsen sind, möchte ich, dass sie noch eine Weile zusammenleben.«

Mein Vater hinterließ schriftlich, dass die Villa in Castello niemals verkauft werden soll, und obwohl wir seit über zwanzig Jahren so gut wie nie dorthin fahren, ist das Haus noch da.

Die Dachfenster sind zerbrochen, Tauben fliegen hinein und ruinieren alles. In unserem Teil (das Haus wurde unter vier von Nonnos fünf Kindern aufgeteilt) haben wir Licht und Gas abgestellt und alles dem Verfall überlassen. In den letzten Jahren hat es uns mehr gekostet, als wir uns leisten konnten, und trotz allem ist es noch da.

Der Garten mit seinen dunklen Hecken mit den pelzigen Blättern, den wir *Zia Amelias Lokus* nennen, weil Nonna Atalas Schwester sich dort immer zum Pipimachen zurückzog, er ist noch da.

Die Höhle unter den beiden großen Zypressen, in der wir Cousins und Cousinen als Kinder immer Verstecken spielten und die unser Unterschlupf am Ende des Gartens war, sie ist noch da.

Und der verrostete Brunnen, wo wir zum Trinken an einem Rad drehen mussten, woraufhin ein unregelmäßiger, orangefarbener Strahl herausschwappte und uns die Schuhe nass machte. Die große, weiße Madonnenstatue mit der von den Deutschen abgeschossenen Nase – zum Glück in einem halbverborgenen Winkel –, die allen Angst machte und zu der wir nur zur Buße gingen, der von Siebenschläfern bewohnte Walnussbaum und die große Kirsche zu beiden Seiten des kleinen Weges vor dem Haus, die Stelle mit den Alpenveilchen und die mit den Veilchen, das eiserne Tor mit Nonno Dantes Initialen, der kleine Judendorn, die großen Linden, die Eichen. Alles noch da.

Den Feigenbaum gibt es nicht mehr, der für uns Kinder immer die Grenze markierte, bis zu der wir mit den Rädern fahren durften und hinter der die Weizenfelder mit Klatschmohn und Marienkäfern begannen. Den Gemüsegarten, der von Signora Carati gepflegt wurde, gibt es nicht mehr, mit seinem Salat, den Tomaten, Zwiebeln und Erdbeeren. Die Glyzinie gibt es nicht mehr, die sich über die Eisentreppe zum backsteinernen Wärterhäuschen hinaufrankte, welches jetzt verfällt; wöchentlich erhalten wir aufgeregte Alarmmeldungen, dass es abgerissen werden muss.

Die kleinen Hühner gibt es nicht mehr, die Küken, hinter denen Micione so gerne herrannte, die Kaninchen und die weiß-schwarz gescheckten Zicklein, die mein Vater auf den Autositzen herkutschiert hatte. Natürlich gibt es das Schwein nicht mehr, das sich einen Platz in meinen frühesten Erinnerungen erobert hat: Ich war drei und floh auf meinem Dreirad, während es mich verfolgte, wenngleich Donatella behauptet, das sei ihre Erinnerung, die ich ihr gestohlen hätte.

Ein Lebensbaum ist abgestorben, den Magnolienbaum in der Mitte des Rasens gibt es auch nicht mehr, und die Felder wurden verkauft. Doch das verblasste Wappen der Bignardis auf dem Turm, ein auf die Hinterbeine erhobener Löwe auf einem Schachbrett, ist noch da. Allerdings weiß keiner, wo es herkommt, denn Mama war die letzte Adelige der Familie gewesen.

Die Villa in Castel San Pietro hatte Nonno Dante 1935 von *einem gewissen Riguzzi* erworben, der sie Ende des 19. Jahrhunderts erbaut hatte. Groß und rechteckig, mit einem Turm in der Mitte und zwei Balkonen an den Seiten, riesigen ovalen Türen, die Fassade aus roten Ziegelsteinen und gelbem Putz mit dunkel abgesetzten Fenstern und Dachziegeln aus roter Terrakotta. Komplett umgeben von Kieswegen, auf denen ich mir die Knie aufschlug, wenn ich vom Fahrrad fiel. Damals gab es natürlich noch kein Desinfektionsmittel, das nicht brennt, oder bunte Kinderpflaster, höchstens etwas stinkenden Alkohol und ein Stofftaschentuch drumherum, das dann am Blut festklebte und abgerissen werden musste, wobei die Wunde wieder aufging und oft eine Narbe zurückblieb.

Dort habe ich bis zu meinem achtzehnten Lebensjahr alle Wochenenden und jeden Juni und September verbracht. Im Juni gab es Glühwürmchen und Kirschen, und da es spät dunkel wurde, gingen wir Kinder nach dem Abendessen noch ins Dorf und aßen bei Pippo in Montagnola ein Eis, für fünfzig Lire Stracciatella und Schokolade.

Im September gab es Trauben und Walnüsse, und an den ersten frischen Abenden dachten wir voller Spannung an das kommende Schuljahr. Auch diese Abenddämmerungen gibt es noch.

Jedes Kind sollte Großeltern auf dem Land haben, die es sonntags und in den Ferien besuchen fahren kann, Cousins, mit denen es im Garten Versteck spielen und sich streiten kann, eine Hütte, wo man sich ausziehen und gegenseitig *Muschi und Piephahn* zeigen kann, so wie wir es früher taten, und regelmäßig von den Großen dabei erwischt wurden.

Und die Kälte im Winter, denn es gab keine Heizung, sondern nur alte Holzöfen der Marke Becchi aus roter Terrakotta, und abends musste man sich ganz schnell unter den dicken Bettdecken verkriechen und die Laken mit der Bettflasche vorwärmen, trotzdem war es noch eisig.

Wir vier schliefen alle im selben Zimmer im ersten Stock: Papa und Mama in dem schwarzlackierten Eisenbett, mit Kugeln und Lanzen am Kopfende, einer Lampenschnur, die über ihren Köpfen herabbaumelte, und dem Bild mit der Heiligen Familie an der Wand. Ich und Donatella neben ihnen an der Wand auf zwei hohen Bettgestellen, während Papa schnarchte und Mama ihn wie eine Katze anfauchte, damit er aufhörte.

Zia Annalena und Ferruccio sowie meine Cousins Marco und Marinella bewohnten das Zimmer am Ende des Flurs. Und Zio Fifo, der in Rom lebte und nur selten aufs Land kam, hatte sogar zwei Kammern, die aber recht trist waren und die wir nie betraten.

Das größte und schönste Zimmer, das mit Balkon, gehörte Nonna Atala, der unangefochtenen Hausherrin, seit der Nonno 1954, sieben Jahre vor meiner Geburt, gestorben war.

Großmutters Zimmer flößte uns stets Ehrfurcht ein: die hohen schmalen Betten aus dunklem Holz mit geschnitzten Kopfenden und Damastdecken, der kleine Waschtisch mit der Ablage aus rosafarbenem Marmor, die Samtsessel und Wandspiegel.

Das sogenannte Zimmer *von Urgroßmutter Ida*, Nonna Atalas Mutter, die 1957 mit zweiundneunzig gestorben war, lag oben am Ende der Treppe. Niemand wollte dort schlafen: Lieber rückten wir noch ein bisschen enger zusammen, denn in der Nacht hörten wir immer Geräusche vom Dachboden, wo *die Geister die Matratzen hochhoben*, wie wir glaubten.

Irgendjemand aus der Familie, ich weiß nicht mehr, wer, schwor uns, tatsächlich Matratzen gesehen zu haben, die sich in die Höhe hoben. Einmal rief die Nonna sogar den Pfarrer, damit er das Haus segnete und die Geister vertrieb, sollte es sie vielleicht doch geben. Für den Fall der Fälle hatte Papa neben dem Bett sein Jagdgewehr liegen, die Munition irgendwo zwischen meinen Socken und den Wollknäuel von Mamas Strickzeug.

Außer vor dem Dachboden fürchteten wir uns auch vor dem Keller mit seinen riesigen Räumen und hohen Rundbögen, wo Holz, Bottiche zum Keltern und Weinflaschen lagerten. Als kleines Mädchen stieg ich nur selten dort hinunter, aus Angst vor der Dunkelheit und den Spinnen, vor allem aber vor Nonna Atalas Erzählungen von dem *Skelett des Deutschen*.

Im Krieg war das Haus von den Deutschen konfisziert worden. Sie richteten ihr Militärkommando dort ein, verfeuerten zahlreiche Möbel aus dem 18. Jahrhundert zum Heizen und zerschlugen nebenbei mit dem berühmten Schuss die Nase der Madonnenstatue. Die Nonna erzählte immer mit bedeutungsschwerer Stimme (trotzdem glaubten wir ihr nicht so recht) von einem deutschen Soldaten, der an einer Krankheit gestorben und von seinen Kameraden dort im Keller begraben worden sei.

Im vergangenen Sommer, an einem drückenden Augusttag, trafen Donatella und ich uns in Castello, um Mama auf dem Friedhof zu besuchen, und aßen in der »Chiusa« zu Mittag, einer Trattoria mit Garten, die nach einer alten Schleuse des Flusses Sillaro benannt ist. Der Kellner erkannte in uns die Bignardi-Mädchen – als junger Mann hatte er gegenüber der Villa gearbeitet und uns immer vorbeigehen sehen –, und wir fragten ihn über die alte Zeit und die Castellaner von früher aus: Willy, Osvaldo, die Brüder Bovolenta, die Parentis, Dante Badiali, der Cocco und der Brito …

Irgendwann setzte sich ein älterer Herr zu uns und erzählte im tiefsten Dialekt, dass mein Onkel Fifo ihn vor zwanzig Jahren damit beauftragt habe, den Keller aufzuräumen, und er volle drei Tage damit verbracht habe, Holz und zerschlagenes Glas hinauszuschaffen. Dabei sei er irgendwann auf einen menschlichen Schädel gestoßen. »Dann gab es das Skelett des Deutschen also doch!«, riefen Donatella und ich aus. Er fügte ungerührt hinzu, er habe ihn sofort mit einem Schlag des Spatens pulverisiert »und gute Nacht«, dann ließ er uns mit offenen Mündern sitzen.

Wir haben danach viel über die armen grablosen Überreste nachgedacht, die seit Jahrzehnten in unserem Keller lagen, mit wer weiß welcher Geschichte auf dem Buckel. Ganz sicher ein Soldat, der als vermisst galt, doch warum hatten seine Kameraden ihn dort zurückgelassen?

In den Keller gelangte man über eine lange Treppe neben der alten Küche, in der wir nur mittags aßen. Das Abendessen nahmen wir an dem großen Tisch mit den Löwenfüßen im Klavierzimmer ein, dessen Mauern grün und blau gestrichen waren. Den schöneren Salon mit den Deckenfresken und den antiken Möbeln benutzten wir nur selten. In jenem Raum gab es, und gibt es immer noch, einen großen Kamin mit der Aufschrift: *»La fiamma del camèn la dis costet puvrén«*, was so viel heißt wie: »Die Flamme im Kamin sagt: Komm her, armer Tropf«. Dieser Spruch konnte mich nie so recht überzeugen. Er sah Nonna Atala gar nicht ähnlich, und ich habe keine Ahnung, ob Nonno ihn ausgewählt hatte oder ob er schon vor ihnen dort gewesen war.

Im Erdgeschoss gab es kein Bad, weswegen die alte Zia Amelia und auch wir lieber hinter der Hecke Pipi machten: Im ersten Stock hatte Zio Fifo ein kleines, an sein Zimmer grenzendes Bad, und wir, Vater und Mutter, Onkel und Tante, Cousin und Cousine sowie die Nonna, benutzten allesamt dasselbe riesige Bad voll haariger Spinnen, mit wackeligen roten Terrakottafliesen und einer Wanne mit Füßen, in der ich niemals jemanden habe sitzen sehen – bei dem eisigen Wasser im Winter wusch man sich nicht viel.

Jahrelang suchte ich in Mailand ein Haus, das zumindest ein wenig jenem in Castello glich, eine Wohnung, die mich irgendwie daran erinnerte: hohe Decken oder knarzende Böden und ein paar Risse an den Wänden oder wenigstens Spinnen.

Ich fand sie kurz vor Mamas Tod: hohe Decken und Risse, und auch ein paar Spinnen.

Wir schafften es noch, das letzte Weihnachtsfest zusammen zu feiern: das erste Weihnachten bei mir in Mailand und nicht in Ferrara bei Donatella, wie in den zwanzig Jahren zuvor.

In der neuen Wohnung gab es ein Zimmer für Mama – in welchem ich das hier schreibe –, doch im Grunde wusste ich, dass sie Ferrara niemals verlassen würde, wo sie einundsechzig Jahre ihres Lebens verbracht hatte. Auch wenn sie dort bis auf meine Schwester niemanden mehr hatte, nicht einmal Kater Alonzo.

Nach Castello fuhr Mama mittlerweile nur noch wenige Male im Jahr, um Papa auf dem Friedhof zu besuchen. Das Haus stimmte sie traurig. Es war nicht mehr das von einst, und seine Instandhaltung schaffte viele Probleme, die durch die ihr eigene Art nur noch komplizierter wurden. Sie betrat es so gut wie nie, und wenn doch, fing sie überflüssigerweise an zu putzen und *wie eine Irre zu schuften*, dann kehrte sie nach Ferrara zurück und beklagte sich über das verwahrloste Haus und ihre Erschöpfung.

Trotz allem gibt es die Villa noch, so wie Papa es wollte. Es wäre schön, wenn eins meiner Kinder mit seinen eigenen Kindern einmal dorthin zurückkehren würde …

Ich möchte nicht zu viel von euch verlangen: nur dass ihr eure Kindheit zusammen verbringt, auch wenn ich nicht mehr da sein sollte.

Ich habe einen befreundeten Notar gefragt, wie man ein Testament verfasst: Er sagte mir, damit es gültig ist, muss es mit der Hand geschrieben sein und Datum und Unterschrift haben.

Das meines Vaters befand sich in der Schublade seines Schreibtischs auf der Glasveranda. Meines könnte ich in die Holzschachtel hinter den Computer legen, wo ich Ausweise und Wahlzettel aufbewahre. Folgendes würde ich schreiben:

»Meine Lieben, hier ist alles gut. Ich bin tot und glücklich, dass ich euch geboren habe, denn wie ich euch ein Leben lang gesagt habe, seid ihr *schön, gut, tüchtig, nett und intelligent*. Ich wollte euch mitteilen, dass ich, wenn ich mal nicht mehr bin, es schön fände, wenn ihr weiter zusammenwohnen würdet. Es macht nichts, dass ihr jetzt manchmal streitet: Wenn ihr groß seid, werdet ihr verstehen, was es heißt, einen Bruder oder eine Schwester zu haben. Doch man muss als Kind den Alltag miteinander teilen, um das zu begreifen. Zusammen in Urlaub fahren, immer an dieselben Orte. Ihr solltet weiterhin den Juni und Juli am Meer verbringen, in Marcellos Haus auf der Isola Rossa, ihr solltet manchmal am Wochenende nach Ferrara zu Zia Donatella fahren und auch an den Lido degli Estensi, der außerhalb der Saison gar nicht so schlecht ist, und in Comacchio isst man den besten Fisch überhaupt.

Kommt mich hin und wieder auf dem Friedhof von Castello besuchen, und kehrt bei Cesare ein, um seine frittierten Crescentine mit dem rohen Schinken und dem *squacquerone*-Frischkäse zu essen. Es wäre schön, wenn ihr das Haus der Großeltern nicht verkaufen würdet und es wieder herrichten könntet, um dort hin und wieder Ferien zu machen, aber entscheidet selbst. Wenn ihr beschließt hinzufahren, denkt daran, dass Juni und September die schönsten Monate sind und dass man in den kleinen Buchten des Flusses Sillaro baden kann.«

DANTE, ATALA, DAS LIEBESRASEN UND DER ÄTHIOPIENFELDZUG

Am ersten Weihnachtstag des Jahre 1880 starb Urgroßvater Giuseppe und hinterließ zehn Kinder. Das jüngste von ihnen war mein Großvater Dante, der erst fünf war. Nonno Dante wuchs unbeschwert unter neun Geschwistern auf: sechs Brüder und vier Schwestern, alles Bignardis aus Castel Guelfo – einem Örtchen mit dreitausend Einwohnern in der Nähe von Castel San Pietro –, deren Kinder, Enkel und Urenkel mittlerweile in der ganzen Welt verstreut leben.

Zwei Brüder des Nonno, Isidoro und Luca, wurden Priester. Von Zio Luca hieß es, er sei verrückt, und wenn einer der Söhne oder Enkel irgendwelche Verschrobenheiten an den Tag legte, sagte man: »Er ist so verrückt wie Zio Luca.« Und das war's. Ein anderer hieß Luigi Alfredo Decimo, Vater zweier Töchter und Großvater von Annalena Tonelli, der weltlichen Missionsschwester, die 2003 in ihrem Krankenhaus in Somalia umgebracht wurde.

Der Schönste der Familie war Francesco, *die Pistole immer im Anschlag*, wie ihn seine Frau Zia Cesira beschrieb – ob wohlgefällig oder leidgeprüft, wissen wir nicht.

Von der jüngeren Schwester, Lucia Rosa Cleopatra, habe ich eine Ansichtskarte aus Fucecchio gefunden, wo sie geheiratet hatte. Trotz ihres hochtrabenden Namens unterschrieb sie einfach mit »Rosina«. Zia Annunziata Adelina Decima wiederum ließ sich »Ceda« nennen, und von ihr erzählt man sich, sie habe ständig geweint.

Von Luigis Tochter Pina ist bekannt, dass sie auf Weltreise ging. Sie lernte 1945 einen staatenlosen Weißrussen kennen, heiratete ihn, schiffte sich anschließend mit ihm nach Argentinien ein und ließ sich in Buenos Aires nieder. Dort wurde sie zu Pina Bignardi Hradowy, Annalena Tonellis Tante. Annalena aus Argentinien war Wissenschaftlerin und wahnsinnig nett, groß und blond wie der Slawe, den ihre Mutter, Zia Pina, geheiratet hatte. Die kam uns einmal in Ferrara besuchen und versetzte uns in helle Aufregung, weil sie ihre Haare blond gefärbt hatte, rauchte und mit Schimpfwörtern um sich warf.

Von vielen meiner Großonkeln und -tanten väterlicherseits weiß ich kaum mehr als den Namen. Den Kontakt zu ihnen hatte vor allem Papa gehalten. Er liebte es, sie alle zu besuchen, Onkel, Cousins und Neffen, ob sie nun zehn oder tausend Kilometer weit weg wohnten.

Nonno Dante machte 1902 in Bologna seinen Abschluss in Veterinärmedizin: Im Internet wird seine Examensarbeit über die Perlsucht bei Rindern erwähnt.

Er begann in Castel San Pietro als Tierarzt zu arbeiten und heiratete zunächst Evelina Selva, die ihm zwei Kinder schenkte, Giorgio und Albertina. Wie Nonno Olivieros erste Frau starb auch Evelina um 1910 durch eine Epidemie, gerade als sie wieder mit einem Mädchen schwanger war: Somit waren Nonno Dante und Nonno Oliviero nicht nur beide Republikaner, sondern teilten auch das Schicksal, Witwer mit zwei Kindern zu sein.

Und die Frauen zu lieben.

Doch während Nonno Oliviero nur schöne Frauen schätzte, gefielen Nonno Dante so gut wie alle.

Ich habe Nonno Dante nicht kennengelernt, doch Donatella erzählte mir, dass er sympathisch und gebildet war und einen umwerfenden Sinn für Ironie hatte, eine Gabe, die er hauptsächlich Zio Fifo vererbte. Zugleich war er ein zurückhaltender, ruhiger Typ, der seinen Frieden wollte und dessen einzige Übertretungen in gelegentlichen Affären mit den Dienstmädchen bestanden. Eine nicht ganz so schöne Familienlegende berichtet, dass er einmal mit einer humpelnden Hausangestellten erwischt wurde, der er, um ihre Statur auszugleichen, ein Wörterbuch unter den Fuß gelegt hatte.

Mama behauptete, aus diesen Verbindungen seien zwei uneheliche Söhne hervorgegangen. Einmal stand Papa in einem Restaurant auf, um einen Unbekannten zu umarmen, und als er zurückkam, erklärte er ihr beiläufig: »Das war mein Bruder.«

Die Bignardis gingen immer sehr offen und humorvoll mit den Affären der männlichen Familienmitglieder um. Diese standen im Ruf, tolle Liebhaber zu sein, und darauf beruhten auch die Kasernenhofwitze, angefangen beim bereits erwähnten *Champion im Hochsprung mit und ohne Stab*, wie Zio Ferruccio meinen Vater betitelte, bis zu Großonkel Checcos stets schussbereiter *Pistole*.

Großvater war der Cousin des Dichters Corrado Govoni, womit ich mich gern vor meiner Lehrerin brüstete, zumal meine Schule ausgerechnet nach ihm benannt war. Als Kind war »Der Zaunkönig« mein Lieblingsgedicht von ihm:

Su e giù, va e viene sempre inquieto,
fruga e becca tra gli spini:
qua un seme, là una goccia ed una foglia
senza che di mangiare abbia gran voglia,
senza saper se voli o se cammini.
Somiglia alle ragazze più vivaci:
le tieni ferme solo con i baci.[1]

Als ich älter wurde, packte mich hingegen ein Gedicht, das er anlässlich des Todes seines Sohnes Aladino schrieb – er war von den Deutschen in den römischen Fosse Ardeatine ermordet worden – und das er in einen Stein neben seinem Grab auf dem Friedhof von Ferrara meißeln ließ:

---

1 Auf und ab, kommt und geht er ohne Ruhe, sucht und pickt zwischen den Dornen: hier ein Körnchen, dort ein Tröpfchen und ein Blatt, doch Hunger hat er nicht unbedingt, weiß nicht, ob fliegen oder laufen. Ganz wie die springlebendigen Mädchen, die du nur halten kannst mit deinen Küssen.

Quante croci ho portato in vita mia!
Croci d'amore, croci di poesia.
Tante ne vidi e tante ne portai
che persino le braccia in fiore al mandorlo
vidi alzar disperatamente in croce.
Ma la croce più perfida ed amara
è quella che ora porto nel mio sangue.
Inchiodata con chiodi incandescenti:
la croce della povera tua bara.[1]

Die Kinder der *armen Evelina*, die älteren Geschwister meines Vaters, hießen Giorgio und Albertina. Zio Giorgio starb mit zweiundsechzig Jahren an einem Herzinfarkt. Von den Söhnen war er derjenige, der Nonno Dante am meisten Genugtuung bereitete: Er machte sein Veterinärsexamen mit summa cum laude, war weder Spieler noch Schürzenjäger.

Papa hing sehr an seinem älteren Bruder, und Donatella erinnert sich noch an den Tag, als sie, zwölfjährig, aus der Schule kam und auf dem Balkon Papa fand, der wie ein Schlosshund heulte und schluchzend sagte: »Mein Bruder Giorgio ist tot.« Sie sagt, das war das einzige Mal, dass sie ihn weinen sah. Ich dagegen erinnere mich an eine andere Gelegenheit, bei der sie nicht dabei war.

Es war ein Sonntag, und wir gingen zum Mittagessen

---

1 Wie viele Kreuze trug ich in meinem Leben! Kreuze der Liebe, Kreuze der Dichtkunst. So viele sah ich, und so viele trug ich, dass selbst die blühenden Arme des Mandelbaums ich verzweifelt zum Kreuz erhoben sah. Doch das heimtückischste und bitterste Kreuz ist jenes, das ich nun im Blute trage. Festgenagelt mit glühenden Nägeln: das Kreuz deines armen Sarges.

in ein Restaurant in Castel San Pietro. Die Stimmung war gedrückt, weil meine Eltern heftig gestritten hatten, was häufig vorkam. Mama übersah eine Stufe, fiel hin und stieß sich übel den Kopf. Papa stürzte sich auf sie und schrie: »Gianna, Schatz!«, mit Tränen in den Augen und von einer Angst ergriffen, wie ich es noch nie an ihm gesehen hatte und auch später nie wieder sah. Genauso wenig hörte ich ihn je wieder »Schatz« zu Mama sagen. Die hingegen stand kurz darauf mit einer dicken Beule auf, betrat das Restaurant und vertilgte mit bestem Appetit Brühe mit Tortellini, Kalbsbraten und Zuppa inglese.

Nachdem Nonno Dante nun Witwer war, mit den Kindern Giorgio und Albertina – jene Zia Tina mit den gleichen Amselbeinchen wie ich –, lernte er Nonna Atala kennen, eine junge Dame aus Bologna, die in Castello eine Cousine besuchte.

Großmutter war Jahrgang 1885, für damalige Zeiten fast schon eine alte Jungfer. 1913 heirateten sie und Nonno Dante, und ein Jahr später kam mein Vater auf die Welt.

Nonna Atala war reserviert und wenig mitteilsam. Im Gegensatz zur restlichen Familie zog sie niemals über andere her und kümmerte sich nur um ihre eigenen Angelegenheiten. Sie war die einzige Oma, die ich hin und wieder besuchte, und sie starb, als ich vierzehn war.

Donatella und mir blieb der Mund offen vor lauter Neid, als wir die leidenschaftlichen Postkarten lasen, die der Nonno ihr während ihrer Verlobungszeit geschrieben hatte. Auf einer heißt es:

Mein Seelchen,

am Leid erkennt man seine Passionen. Stell Dir nur die meinen vor, die mich dieser Tage zu einem unvernünftigen und ungerechten Kind werden ließen. Ich habe alles bekommen, nun strahle ich vor Freude und bin rundherum glücklich. Und ich schwöre Dir, jeder meiner Schritte wurde allein von der unermesslichen Größe meiner heftigen Zuneigung gelenkt.

Auf immer Dein, was Du mir uneingeschränkt glauben kannst. Küsse und nie endende Zärtlichkeiten

Dein Dante

Welche von der Größe seiner heftigen Zuneigung gelenkten Schritte wird Nonno Dante wohl unternommen haben? Und was hat er dafür bekommen?

Die Nonna schien keine Frau solcher unkontrollierbaren Leidenschaften, doch möglicherweise war sie mit dreißig anders als mit achtzig. Auch sie wird vom *Liebesrasen* infiziert gewesen sein.

Das *Liebesrasen* war vermutlich ihre eigene Sprachschöpfung, und wir benutzen sie bis heute, weil sie so treffend das Bild der amourösen Schwärmerei wiedergibt.

»Und, ist da *Liebesrasen*?«, fragte sie immer, wenn sie erfuhr, dass eine neue Liebe im Entstehen war.

»Da herrscht ganz großes *Liebesrasen*!«, kommentierte sie zufrieden, wenn sie sah, dass der Umschwärmte sehr angetan war.

»Da ist einfach kein *Liebesrasen* mehr …«, meinte sie, wenn sie feststellte, dass es in einer Liebe kriselte.

Mein Vater war ihr erster Sohn. Sieben Jahre später, 1921, bekamen die Großeltern Zio Fifo und nach weiteren acht Jahren schließlich Zia Annalena.

Ein Kind alle sieben, acht Jahre – die Nonna war nicht gerade wild auf Kinder. Wenn es nach ihr gegangen wäre, hätte sie nur eins bekommen. Immer, wenn ein Paar heiratete, sagte sie: *Es reicht, wenn ihr eins bekommt, nur um zu zeigen, dass ihr es könnt.*

Ein anderer berühmter Ausspruch von ihr lautete: *Schaffst du dir junge Hüpfer an, bist auch du mit Hüpfen dran.*

Die wenigen Male, die ich bei ihr auf dem Land übernachten durfte, gab sie mir nur wenig zu essen – ein dünnes Süppchen, ein bisschen Käse – und kümmerte sich nicht weiter um mich.

Mir gefiel das sehr gut, und ich war immer froh, wenn ich allein bei ihr bleiben durfte, denn sie war nicht so überängstlich wie Mama und überließ mich den ganzen Tag im Garten mir selbst.

Ich fand das erholsam. Und ich bat sie immer, mir die Geschichte zu erzählen, wie ihr Vater Alfonso Martelli, Carabiniere in Bologna, vor ihrer Geburt nach Sciacca auf Sizilien geschickt worden war, dort den Banditen Merlo umgelegt und dafür den Militärorden in Silber bekommen hatte. Es war ihre Lieblingsgeschichte.

Nonna Atalas Mutter, besagte Urgroßmutter Ida, in deren leeren Zimmer niemand schlafen wollte, aß wenig und ekelte sich vor allem. Ihr *purcarì*, Sauerei, hat als innerfamiliärer Kommentar zu einem missglückten Gericht überlebt.

Als Donatella Zia Annalena befragte, was Urgroßmutter Ida denn beruflich gemacht habe, fiel dieser ein, dass ihre Familie in Bologna in der Via Caprerie *ein Geschäft mit toten Vögeln* hatte, womit sie wahrscheinlich Jagdwild meinte. Da Vogel im Italienischen auch Schwanz heißen kann, meinte Zio Ferruccio, der ständig zweideutige Witze riss, *das kann ich mir denken.* Ferruccio, der mit *Gennerosa*, hatte immer eine Vorliebe für Kalauer und Zweideutigkeiten wie sein genialer, nie veröffentlichter Roman »Mein langer Weg von der Margaritze bis zum Po« beweist.

Im Jahr 1929 mit achtundvierzig Jahren noch ein Kind zu bekommen muss für Nonna Atala eine erschütternde Erfahrung gewesen sein.

Sie, die sonst so praktisch und geradlinig war, verlor wegen der kleinen Annalena den Kopf.

Als die Tante sechs Jahre alt war, kaufte Nonno Dante die berühmte Villa in Castello und nannte sie ihr zu Ehren Villa Annalena.

Danach wurden noch drei Mädchen nach ihr benannt: Cousine Annalena Tonelli, die Laienschwester, die 2003 in Somalia ermordet wurde, die Biologin Annalena, Tochter der nach Buenos Aires ausgewanderten Zia Pina, und schließlich meine Nichte Annalena, die älteste Tochter meiner Schwester.

Sie waren allesamt sehr hübsch, die Missionarin Annalena sogar eine ausgesprochene Schönheit.

Sie und ihre drei Brüder waren in Forlì zur Welt gekommen. Ihre Mutter Teresina war nicht ihrer Schwester Pina über den Ozean gefolgt, sondern hatte einen Arzt aus Forlì, Dottor Tonelli, geehelicht. Mama erzählte uns häufig von ihren vier hübschen, blonden Kindern, die bei den Besuchen der Verwandtschaft in Castello immer ganz lieb und brav im Garten spielten. Die schöne, blonde Annalena verließ mit fünfundzwanzig Jahren die Familie, um nach Somalia zu den Armen zu gehen.

Sie war eine außergewöhnliche Frau. Zwei Jahre bevor sie in ihrem Krankenhaus von islamischen Terroristen ermordet wurde, hatte die UNO ihr eine bedeutende Auszeichnung verliehen, den Nansen Refugee Award. Folgendes hinterließ sie handschriftlich: »Als kleines Mädchen traf ich die Wahl, für andere da zu sein, für die Armen, Leidenden, Verlassenen, die keiner liebt; ich wollte Jesus Christus nachfolgen, nichts interessierte mich mehr: Er und die Armen in Ihm.«

Mama sagte immer, Annalena sei eben nicht zufällig eine Tonelli und keine Bignardi, *Bestien und Egoisten*, doch nach ihrem gewaltsamen Tod wollte sie nicht mehr von ihr sprechen, da die Geschichte sie *belastete*.

Großvater betrieb als Hobby eine Zucht für Rennpferde, gemeinsam mit Zio Checco. Sie hatten vier oder fünf Pferde, allesamt prämiert, von denen eines sehr berühmt war und Prince Ingomar hieß. Zia Annalena verwahrt in ihrem Haus in Liano noch ein Schild:

Decksaison 1923
Gebr. Dott. Dante und Francesco Bignardi
Castel San Pietro, Emilia
Hengste Prince Ingomar und Trostnick
£ 1200

Der Nonno war ganz verrückt nach den Tieren und durch seine Arbeit als Tierarzt außerdem sehr kompetent und gut qualifiziert.

Papa und Zio Fifo hingegen hatten als junge Männer keine Lust zum Studieren und wurden deshalb auf das Internat des Salesianerordens nach Faenza geschickt. Manchmal büchsten sie aus, dennoch schaffte Papa schließlich seinen Fachhochschulabschluss als Landwirt. Seine humanistische Bildung beschränkte sich auf ein paar Zeilen der »Göttlichen Komödie«, die er auswendig hersagen konnte. Sein Lieblingsvers war: »Er hatte dann zum Marsche geblasen – aus dem Arsche«, und er zitierte ihn immer wieder gerne.

Dafür schrieb er sehr gut und sehr viel, wie alle Bignardis. Mama hingegen schrieb, obwohl sie in Italienisch immer Klassenerste gewesen war, nur noch die umfangreichen Klassenbücher, die sie eigentlich nach und nach im Laufe des Jahres hätte füllen sollen, dann jedoch am letzten Schultag innerhalb eines Nachmittags aufs Papier warf, *ohne hinzusehen*, wie ihren Braten, mit einer wunderschönen Handschrift.

Auch Papa hatte eine schöne Schrift, geneigt und voller Schnörkel, während ich und meine Schwester schrecklich kritzeln. Donatella sagt immer im Spaß, das sei ein Hinweis auf ernsthafte psychische Probleme, und vielleicht hat sie sogar recht damit.

Statt zu studieren, spielte Papa lieber Karten, weshalb er sich 1933 nach Genua begab und freiwillig zu einem zweijährigen Wehrdienst meldete. Im September '35 war er in Bengasi, in der Cyrenaika, und wenige Monate später schickten sie ihn nach Massawa in Eritrea. Erst ein Jahr später kehrte er aus Afrika zurück. Der Zweite Weltkrieg führte ihn schließlich nach Kroatien. Er erzählte immer, dass sein Schiff unterwegs in Seenot geriet und er die letzten Kilometer bis ans rettende Ufer schwimmen musste. Obwohl er ganz normal davon berichtete, beeindruckte uns die Geschichte kolossal, und wir stellten uns vor, wie er in den stürmischen Fluten um sein Leben kämpfte.

Wenn von Afrika die Rede war, bekam er feuchte Augen und verlor sich mit nostalgischer Stimme in Andeutungen über fantastische eritreische Mädchen und verschollene Freunde, ohne jemals etwas Genaueres zu erzählen. Er war damals überzeugter Faschist gewesen, betete aber nur allgemeine Phrasen herunter, wie *Krieg ist eine schlimme Sache* oder *Mussolinis Fehler war, sich mit Hitler zu verbünden und in den Krieg einzutreten*. Darüber, was er im Krieg gesehen oder getan hatte, sprach er nie ein Wort.

Auf der Veranda bewahrte er ein in Leder gebundenes Album mit wunderschönen Fotografien exotischer Tiere auf, von Mädchen mit nackten Brüsten, Beduinen und Kamelen. Als Kind blätterte ich darin herum, ohne zu bemerken, dass auf den letzten Seiten Bilder von Friedhöfen, Galgen und Leichen waren.

Als mir vor kurzem das Album wieder in die Hände fiel und ich jedes Foto aufmerksam betrachtete, kam mir plötzlich der Gedanke, dass mein zwanzigjähriger Vater vielleicht auch Böses getan hatte. Ich machte mir Sorgen – um meinetwillen und seinetwillen –, ob er womöglich gezwungen gewesen war zu töten oder sogar freiwillig getötet hatte.

Ich weiß, dass das naiv ist: Er war zehn Jahre lang Soldat und hat an verschiedenen Fronten gekämpft, sogar in Jugoslawien. Es wäre normal, wenn er getötet hätte, auch wenn er nie darüber sprach.

Doch Papa war der am wenigsten gewalttätige Mensch auf der Welt. In zwanzig Jahren habe ich bei ihm niemals eine aggressive oder auch nur ruppige Handlung gesehen. Er war mild und freundlich, vor allem gegenüber einfachen Menschen. Sich vorzustellen, dass einer wie er einem anderen etwas Böses getan haben könnte, setzt voraus, dass jeder Mensch dazu fähig ist, und diese Überzeugung kann ich einfach nicht akzeptieren.

Für meine Generation ist Krieg noch ein Tabu. Viele sagen, es sei ein blödsinniges Tabu und die jüngsten Auseinandersetzungen im Kosovo, in Bosnien und Afghanistan würden zeigen, dass die Dinge komplizierter sind. Aber wenn mein Vater im Krieg jemanden getötet hätte, wollte ich es nicht wissen, um es nicht akzeptieren zu müssen.

Dem reichlich vorhandenen Feingefühl, für das

ich ihm dankbar bin, ist es zu verdanken, dass er uns niemals gesagt hat, was er in jener Zeit getan hat – außer dass er sich in ein jugoslawisches Mädchen mit Namen Nada verliebte. Nada schenkte ihm ein Hündchen, das ebenso hieß wie sie, und Papa nahm es mit nach Italien, versteckt in seinem Brotbeutel, von dem er sich niemals trennte.

Das Hündchen Nada wuchs der Nonna sehr ans Herz. Heute liegt es im Garten von Castello begraben, hinter der Madonna, auf unserem Katzen- und Hundefriedhof.

WIE KOMMT ES, DASS EIN MÄDCHEN

Wie kommt es, dass ein Mädchen mit Tiefgang und Intelligenz, bebend vor Gefühlen, Leben, Hoffnung und verliebt in die Literatur, dass eine schöne Gattin, geliebt, liebenswürdig, ein Bild von einer Frau, mit leuchtenden Augen, umringt von Freundinnen, die sie für ihr großzügiges und fröhliches Wesen lieben, zu einer ängstlichen, schwarzseherischen und sich ewig sorgenden Person wird, Sklavin ihrer Pflichten, Sklavin ihrer tausend Aufgaben, die keine Freude mehr machen, weil sie zusammengenommen zu viel sind?

Das Haus, die Kinder, die Arbeit. Und keine Zeit mehr zum Lernen, zum Lesen und zum Träumen.

Mama hatte wenig Sinn fürs Praktische, war unorganisiert, irrational. Sie hatte kein Talent, einen Haushalt zu führen, genau wie meine Schwester und ich. Latein und französische Literatur waren ihr keine Helfer, als sie allein einer Familie vorstehen musste.

In Ferrara hatten sie und Papa keine Verwandten, kein Geld, vor allem aber keinen Plan: Sie improvisierten und wurschtelten sich so durch. Sie waren weder religiös noch dem Konsum ergeben, weder ehrgeizig noch wirklich konservativ. Sie hatten nur sich selbst und die Familie ihrer Eltern, die sie samstags und in den Ferien auf dem Land besuchen fahren konnten. Sie hatten ihr kleines Gärtchen mit den Schildkröten und Turteltauben, den Fasanen und dem Hund, an denen vor allem Papa Spaß hatte.

Mama hatte ihre Arbeit als Grundschullehrerin, die für die unschlagbare Latinistin ein Symbol ihres Scheiterns war: Sie hatte den Uniabschluss trotz ihrer brillanten Leistungen nicht geschafft, und so musste sie anfangs bis nach Codigoro fahren, um dort sechsundfünfzig kleinen Analphabeten das Schreiben beizubringen, während sie viel lieber vor einer Oberstufenklasse über Émile Zola gesprochen hätte.

Sie hatte meine Schwester Donatella, die nach fünf Jahren Ehe auf die Welt gekommen war. Sie hatte ihre Kolleginnen. Einige von ihnen – Zita, Ottavia, Amina, Emma und Lea – wurden ihr treu ergebene Freundinnen, die ihr immer sagten, wie schön und nett sie sei. Sie hatte das eine oder andere hübsche Kleid, das sie selbst entwarf, dann von einer Schneiderin auf der Via Ghiara nähen ließ und wie eine Königin trug.

Sie hatte Papa, den sie mochte, begehrte und liebte; er war gutaussehend und liebevoll, aber auch ein wenig ernüchternd. So erzählte sie, dass er sofort nach der Hochzeit nachts zu schnarchen begann und *die Suppe in sich hineinschlürfte*, was eine herbe Enttäuschung für sie darstellte.

Sie waren ein Paar, das aus dem Debakel des Faschismus hervorgegangen war, an den sie geglaubt hatten, und nun fanden sie sich in der kommunistischsten Stadt Italiens wieder.

Einer der wenigen Werte, zu denen sie sich bekannten, außer der allgemeinen Liebe für Vaterland, Familie, Natur, Tiere und guten Wein, war ihr hitziger Antikommunismus.

Und überhaupt, wer waren sie in Ferrara schon, sie, die als Kinder eines Bankdirektors und eines Dorfveterinärs aufgewachsen waren, in Villen gewohnt hatten, durch den hoffnungsfrohen Charme ihrer Jugend allseits bekannt?

Doch während Papa den Ruhepunkt in seinem starken Charakter und seiner Arbeit gefunden hatte, hatte Mama zu viele Aufgaben, um im Alltag Ausgeglichenheit zu pflegen.

Der fehlende Abschluss war ihre erste persönliche Niederlage seit dem fatalen Tod ihrer Mutter. Die Enttäuschungen in der Ehe belasteten sie. Und ich glaube nicht, dass ich mich einer übertriebenen Egozentrik schuldig mache, wenn ich behaupte, dass ich es war, die ihr schließlich den Gnadenstoß versetzte. Die Koordinaten im Leben einer Frau sind manchmal eher banal.

Ein Kind mit sechsundzwanzig, das schaffst du noch, trotz Arbeit, wenig Geld und einem Mann, der den ganzen Tag unterwegs ist, und obwohl du statt einer kultivierten Literaturprofessorin nur Dorfschullehrerin geworden bist.

Zwei Kinder mit achtunddreißig, und der Mechanismus schnappt zu, es wird zu anstrengend, um bei Laune zu bleiben. Und es kommen *die Sorgen*.

Die Wechseljahre, fünfzehn Jahre später während meiner Pubertät, haben das Bild dann vollendet. Hier wurde aus dem wunderschönen, strahlenden Bologneser Mädchen, gebildet und voller Elan, begeisterte Leserin der russischen und französischen Klassiker, eine ängstliche und pessimistische Frau, die ihr Leben damit verbringt, *in Sorge* zu sein.

Ich und Mama haben dreißig Jahre lang gestritten, und ich glaubte, wir würden ewig so weiterstreiten.

Vor einiger Zeit beeindruckten mich die Worte einer Schriftstellerin, die sagte, ihre Mutter sei vor fünf Jahren gestorben und sie habe immer noch nicht aufgehört, mit ihr zu streiten. Ich stellte mir vor, dass es für mich genauso sein würde, doch stattdessen hat sich ohne einen bestimmten Anlass ein innerer Hebel umgelegt, und ich habe gespürt, dass der Moment gekommen war, sie zu akzeptieren, wie sie ist, und sie zu beschützen.

Ich stand immer zu ihr, trotz aller Streitereien. Nie wäre ich auf den Gedanken gekommen, Weihnachten oder ihren Geburtstag nicht mit ihr zu verbringen. Nach jahrelangen Diskussionen und Protesten wegen ihrer manischen Kontrollanrufe hatte ich kapituliert, schon seit Jahrzehnten, und organisierte mein Leben um ihren Zwang herum, jeden Morgen mit mir telefonieren zu müssen, egal, wo ich war, immer und absolut bei der Rückkehr von egal welcher Reise, ob ich mich nun zehn oder zehntausend Kilometer entfernt hatte. Für sie war es dasselbe, ob ich nach Amerika oder ins nahe gelegene Aostatal nach Gressoney fuhr. Der Gedanke, dass ich mich anders als auf meinen Beinen fortbewegte, versetzte sie in puren Schrecken. Bis sie nicht sicher wusste, dass ich mein Ziel erreicht hatte, ohne bei einem Verkehrsunfall umgekommen zu sein, verharrte sie in einem Zustand fürchterlicher Unruhe.

Mein Leben ist voll von verzweifelten Suchaktionen nach einem Telefon, um ihr zu sagen, dass ich angekommen bin, von hektischem Gerenne, um das Handy aufzuladen oder ein Netz zu finden, von Alpträumen, in denen ich es nicht schaffe, sie anzurufen, von Lügen.

Das Lügen habe ich mit vierzehn Jahren begonnen, an dem Tag, als ich zu einem Fest außerhalb Ferraras eingeladen war und – da es völlig undenkbar war, zu jemand anderem als ihr ins Auto zu steigen – sie anlog, das Fest fände nur ein paar Schritte von zu Hause entfernt statt. Damit aufgehört habe ich vor wenigen Jahren, als ich merkte, dass es besser war, ihr die Wahrheit zu sagen, weil sie die Lügen *spürte* und nur noch unruhiger wurde, und wenn sie einen dabei ertappte, in Verzweiflung und in Panik geriet, weil ihr Schutzsystem gegen die Angst kollabierte.

Doch es war so mühselig, jedes Mal, wenn ich eine Reise ankündigen musste, ihre Wutausbrüche zu ertragen, dass ich sie jahrelang belog.

Sie starb, ohne zu wissen, dass ich mit neunzehn Jahren, als die Mauer noch stand, ein Silvester in Berlin verbracht habe und bei meinem Anruf vorgab, ich sei in Ligurien und mit dem Zug dorthin gefahren.

Der Zug beruhigte sie ein wenig, wenn auch nicht

komplett, während Auto und Flugzeug ihr Angst einjagten, ganz zu schweigen vom Motorrad.

Ich glaube, ich habe ihr nie gesagt, dass ich mit der Vespa zum Zelten auf Elba gefahren bin, und sie starb im Unwissen darüber, dass ich nach dem Abitur mit Freundinnen per Anhalter in Urlaub gereist bin, wie auch darüber, dass wir seit drei Jahren jeden August zehn Tage mit den Kindern auf einem Boot verbringen, auf Einladung von Edoardo und Nicoletta.

Ich frage mich, wie ich ihr sagen konnte, dass ich nach Sarajewo ging, als der Krieg noch nicht beendet war – ich habe es verdrängt.

Jedenfalls rief ich sie, wo immer ich war, jeden Tag an, und von manchen Orten aus weiß ich wirklich nicht mehr, wie es mir gelungen ist. Meine Schulfreunde meinten immer, ich solle mich nicht um ihre Ängste kümmern und ihre Gewohnheit mit dem Telefonieren einfach ignorieren, dann würde sie früher oder später schon damit aufhören. Doch ich wusste, dass dem nicht so war, und außerdem hatte ich nie den Mut dazu.

Die wenigen Male, die sich der erwartete Anruf aufgrund höherer Gewalt, eines verspäteten Flugzeugs oder eines kaputten Telefons um mehr als eine halbe Stunde verzögerte, war sie in einem Zustand so aufgebrachter Verzweiflung, dass ich irgendwann begann, schon eine halbe Stunde vor der telefonischen Verabredung unruhig zu werden und frühzeitig zu überlegen, wie und von wo ich sie anrufen könnte.

Mein Leben lang war mein erster Gedanke, wenn ich verreisen musste: Wie und wann sage ich es am besten Mama, und trotzdem wurde sie regelmäßig wütend.

Zuerst versuchte sie mich von der Reise abzubringen, egal, ob es sich um eine Geschäftsreise oder Urlaub handelte.

Zigeunerin, Herumtreiberin, fällt dir wohl die Decke auf den Kopf? Das Repertoire ihrer Schmähnamen, mit denen sie mir die Reise vorhielt, war vielfältig, aber durchweg aggressiv.

Als ich dann selbst Kinder hatte, wurde es noch schlimmer. Sie warf mir vor, ich sei eine unverantwortliche Rabenmutter und würde mit diesen törichten und sinnlosen Reisen auch deren Leben aufs Spiel setzen.

Heute sehe ich das Ganze als das, was es war, die Symptome einer psychischen Krankheit, und als solche hätte ich sie auch nehmen müssen, ohne mich davon tangieren zu lassen.

Stattdessen habe ich mich mein ganzes Leben lang damit herumgequält, bis wenige Monate vor ihrem Tod.

Im Grunde glaubte ich tatsächlich eine Rabenmutter zu sein, weil ich die Kinder im Auto ans Meer oder in die Berge fuhr, für den Job nach London, Paris, Madrid oder Amerika flog oder im Urlaub nach Asien und an all die anderen Orte reiste.

Ich habe es nie geschafft, Mamas Sorge realistisch zu sehen und nicht darunter zu leiden, aber zumindest habe ich mich nie davon einschränken lassen.

Ich bin immer viel gereist, seit meinem achtzehnten Lebensjahr, und es gibt keinen Ort, den ich nicht aufgesucht hätte, nur um ihrer aggressiven Telefonlitanei zu entgehen, auch wenn ich jedes Mal in Versuchung war.

Jede Reise und jede Fortbewegung brachte drei Stationen auf dem Leidensweg mit sich: die Ankündigung, den Anruf bei Abreise und den bei Ankunft. Die anstrengendste Phase war die Ankündigung, denn neben ihrer heftigen Reaktion musste ich auch meine Enttäuschung darüber verarbeiten, dass sie sich nicht mit mir freuen konnte, weil ich in Urlaub fuhr oder eine Auszeichnung bekam oder eine wichtige Geschäftsreise hatte. Es ist dumm, aber so ist es: Ich habe Jahrzehnte gebraucht, um mich damit abzufinden, dass meine Mutter nicht meine Komplizin, sondern in gewisser Hinsicht meine Feindin ist. Auch wenn ich niemals an ihrer Liebe gezweifelt habe und genau wusste, dass ihre Reaktion krankheitsbedingt war, hätte ich mir doch eine Mutter gewünscht, die wenigstens ein Mal zu mir sagt: »Da fährst du hin? Toll, das freut mich aber für dich.«

Vor zehn Jahren etwa brachte eine Psychologin mich auf die Idee, es könne auch sein, dass Mama mich schlicht um mein umtriebiges Leben beneidete, worauf ich von alleine nie gekommen wäre. Ich weiß nicht, ob an dieser These etwas dran ist, doch der Gedanke, sie könne eifersüchtig auf mich gewesen sein, half mir, mich weniger schuldig zu fühlen und ihren Wutausbrüchen kühler zu begegnen.

Abgesehen von Ortswechseln und Reisen lösten Veränderungen generell ihren Unwillen aus, der zwar nicht ganz so wutgeladen, aber ebenso stürmisch war. Immer, wenn ich beschloss, etwas an meinem Leben zu ändern, sei es im Job oder in der Liebe, hatte ich sie gegen mich. Das geht jedoch auch anderen so. Viele Eltern reagieren ähnlich, zumindest die aus der Generation meiner Mutter, Jahrgang '23, die Generation der Großeltern meines Mannes.

Wenn ich in einem Interview lese, dass die befragte Person bei allen Entscheidungen immer die volle Unterstützung der Mutter hatte, mutet mich das seltsam an. Für mich ist das reine Fantasy. Ich musste um jede meiner Entscheidungen kämpfen, und obwohl ich bereits mit zwanzig finanziell unabhängig war, hatte ich stets eine Mutter, die glühend jede meiner Entscheidungen abwehrte.

Dennoch habe ich immer, wenn ich mich zwischen Alt und Neu entscheiden musste, das Neue gewählt.

Ob das nun heißt, dass ich ohne eine so pessimistische und abwehrende Mutter weniger unternommen hätte?

Vielleicht nicht, vielleicht wäre ich einfach ein wenig ausgeglichener und selbstsicherer gewesen, aber der Gedanke gefällt mir trotzdem.

Ich versuche immer, allen Dingen einen Sinn zu geben und mir ein glückliches Ende vorzustellen. Ich habe unter unseren Streitereien gelitten, aber sie haben mich auch gestählt und mich das Kämpfen gelehrt: So zumindest will ich es sehen.

Und ändern kann ich es ohnehin nicht mehr.

LA GIACCA

Die schlimmsten Streitereien zwischen mir und meiner Mutter begannen, als ich mit achtzehn beschloss, mich von meinem ersten Freund zu trennen.

Er war aus Castello, und meine Eltern konnten kaum glauben, dass ihre Teenagertochter immer noch die Wochenenden mit ihnen wegfahren wollte, ja sogar darauf bestand, kein einziges zu verpassen.

Sie hatten das mit meiner Schwester anders erlebt, die ihren Stefano in Ferrara hatte und sich seit ihrem sechzehnten Lebensjahr den Sonntagen auf dem Land widersetzte und einen Flunsch zog, wenn sie trotzdem mitfahren musste.

Ich hingegen verliebte mich mit fünfzehn in einen Jungen, den ich eines Spätsommerabends in Castel San Pietro im Vorbeifahren erblickt hatte.

Er saß auf einem Motorrad, hinter einem Freund, und ich sah nur seine Rückseite, doch er gefiel mir gut, obwohl oder gerade weil er eigentlich nicht besonders hübsch war, sondern von einer irgendwie faszinierenden Hässlichkeit.

Er ähnelte dem französischen Schauspieler Fernandel, dem aus »Don Camillo und Peppone«, oder, um weniger weit zurückzugreifen, Vincent Cassel, dem Mann von Monica Bellucci.

Ein Jahr lang dachte ich nur an ihn, bis ich im darauffolgenden Sommer dann mit ihm zusammenkam. Es war ein Stück Himmel für mich.

Ich war sechzehn und er neunzehn, und er hatte sich gerade für das DAMS, die Hochschule für Musik und Theater, in Bologna eingeschrieben. Er war ein Castellaner, wie er im Buche steht: Er liebte das Formel-1-Rennen im benachbarten Imola, er liebte es, mit Freunden auf der Vespa zum Baden an den Fluss zu fahren, in der »Chiusa« *piadina* zu essen und ein Ceres dazu zu trinken sowie auf alle möglichen Konzerte in den umliegenden Diskotheken zu gehen.

Alle mochten ihn wegen seines Temperaments, doch er war ein sanfter Charakter und nicht der Draufgänger, den er nach außen hin darstellte.

Er war Einzelkind, und seine Eltern hatten eine Tankstelle an der Via Emilia. Er spielte Tennis, hörte Devo und Supertramp und war mir völlig ergeben.

Seine Eltern kauften eine kleine Villa am Lido degli Estensi, damit er die Sommer am selben Ort wie ich verbringen konnte. Dort lernte er meine Strandfreunde kennen und war bei allen beliebt. Er war freundlich, sympathisch und hatte dieses seltsame Fernandel-Vincent-Cassel-Gesicht, das mir so gefiel. Er war mein erster Freund, und wir liebten uns.

Irgendwann erkrankte seine Mutter an Krebs, und er wurde sehr traurig. Ich hatte damals schon beschlossen, ihn zu verlassen, denn unsere Beziehung war nach zwei Jahren an einem toten Punkt angelangt, doch wegen der Krankheit zögerte ich es ein paar Monate hinaus. Aber mit achtzehn ist man in diesen Dingen nicht besonders gut, und am Ende verließ ich ihn im unpassendsten Moment, *Bestie und Egoistin*, die ich war.

Bis zu diesem Moment hatte ich ein ruhiges Leben geführt, kaum getrübt durch die Kümmernisse der Pubertät.

Es war mir schwergefallen, mich in eine so verschlossene Stadt wie Ferrara einzugliedern, wo ich weder Verwandte noch Freunde hatte, ich litt unter den für eine Vierzehnjährige typischen Unsicherheiten, durchlebte Dramen wie, auf ein Fest gehen zu müssen und sich unter den Gästen absolut unwohl zu fühlen, kurz: die üblichen Teenagerprobleme.

Doch der Alltag dieser zwei Jahre mit meinem ersten Freund hatte mich selbstbewusster gemacht. Ich war unter der Woche in der Schule, am Wochenende sowie mittwochs mit ihm zusammen, wenn er mich von der Schule abholte. Wir verbrachten den Nachmittag in meinem Zimmer und hörten Musik, und er ging, bevor der Nebel kam.

Damals lag die Straße zwischen Ferrara und Castello so gut wie ständig im Nebel – er gehörte für mich schon zur Familie, fast wie Micione.

Ich fahre mal lieber los, es wird schon neblig. Fahr nicht, es ist neblig. Ich schlafe außerhalb wegen des Nebels. Ich komme doch nicht, es ist neblig.

Dem Nebel verdankten wir es, dass mein Fernandel

mittwochs manchmal über Nacht bleiben durfte, da Papa an dem Wochentag immer noch mit *den Jungs* aufs Land fuhr; er schlief dann in meinem Zimmer, während ich in das Zimmer meiner Schwester zog, die mittlerweile verheiratet war und Annalena bekommen hatte.

Zwei Jahre ging das so, dann war meine Verliebtheit vorbei.

Das Herz klopfte nicht mehr, und ich hatte die Welt meiner Genossen von der Kommunistischen Jugend entdeckt: In der Schule verliebte ich mich in Marx und Anhang. Ich verließ meinen ersten Freund, was er mir, glaube ich, niemals verziehen hat, auch nicht nach dreißig Jahren, und nicht mal zu Unrecht. Wenn das Mädchen, das du liebst, dich ausgerechnet zu dem Zeitpunkt verlässt, als deine Mutter an Krebs stirbt, hast du wenig Anlass, sie in guter Erinnerung zu behalten.

Ich ging nicht zur Beerdigung seiner Mutter und auch nicht zu der seines Vaters, welcher ein paar Jahre später starb, er hingegen kam zu der meines Vaters, fünf Jahre nachdem wir uns getrennt hatten, wenngleich ich da so viel weinte, dass ich mich an nichts erinnern kann.

Damals begann der Krieg mit Mama.

Als ich mich von Fernandel trennte, muss für sie ein Traum geplatzt sein: ich, verheiratet in Castello, mit ihr und Papa, die als Rentner in die Villa Annalena ziehen, ihrem Altersprojekt.

Da war es nicht wichtig, dass Fernandels *Genealogie*

nicht besonders viel hermachte. Allein der Umstand, dass er aus Castel San Pietro kam, stellte ihn auf eine Stufe mit einem *Prinzen*.

Und tatsächlich wäre es schön für sie gewesen, wenn ich Fernandel für immer geliebt hätte, wenn ich nicht so ein unbeständiges, sondern ein ruhiges Mädchen gewesen wäre, das an einem Bologneser Gymnasium Literatur unterrichtete – wohin ich innerhalb weniger Minuten mit dem Zug hätte fahren können, ohne in ein lebensgefährliches Auto steigen zu müssen. Es wäre schön für sie gewesen, wenn ich mehr bei ihr gewesen wäre. Es war legitim, darauf zu hoffen.

Stattdessen begann ich, mit den Genossen der Kommunistischen Jugend auszugehen, Versammlungen und Kinoabende zu besuchen, die Schule zu besetzen.

Ich war in das Zimmer meiner Schwester gezogen, die vier Jahre zuvor *Stufilino* geheiratet hatte. Ich hatte es für mich umgestaltet, indem ich das Fenster, das auf Papas Veranda hinausging, mit einem Plakat verklebt hatte. Darauf stand ein Satz von Wittgenstein: »Wovon man nicht reden kann, darüber muss man schweigen.« Obwohl mich der Satz faszinierte, tat ich exakt das Gegenteil: Den lieben langen Tag diskutierte ich mit meiner Mutter. Auf dem gebraucht erstandenen Technics-Plattenspieler hörte ich Guccini- und De-André-Platten, die mir Fernandel vererbt hatte. Mein Lieblingssong war »La Giacca« von Claudio Lolli. Dort hieß es: »Man muss bis zum Äußersten gehen, an die Grenze der Dinge, von uns, der Welt, der Angst vor dir … Bis zum Äußersten, wo es keine Schatten gibt, in denen wir uns ausruhen können, wo es schwer wird, eine Kraftanstrengung, ehrlich zu sein.«

Ich wollte bis zum Äußersten gehen, in allem. Ich hatte begriffen, dass dies mein Weg sein würde, den Dingen auf den Grund zu gehen, vor allem wenn sie mir Angst machten. Ich konnte nicht mehr anders. Ich hatte nicht nur die Politik entdeckt, sondern auch meine Identität, die mir plötzlich eine völlig andere zu sein schien als die meiner Eltern, vor allem die meiner Mutter, welche in ihrer Welt aus Sorgen, Ängsten, Schuldgefühlen und vorgezeichneten Wegen gefangen war.

Ich zog die hochhackigen Sandalen aus und kaufte mir ein Paar beigefarbene Clarks.

Am Beginn eines neuen Filmes steht die Kostümprobe. Das richtige Kostüm für mich waren nun Cordsamthosen und weite Pullover vom Flohmarkt.

Der schlimmste Alptraum meiner Mutter war Realität geworden: Ich war Kommunistin.

Seitdem habe ich mich nicht mehr umgedreht und zurückgeschaut. Nach dreißig Jahren tue ich das heute zum ersten Mal.

Ich habe nicht zurückgeschaut, doch zu Beginn meiner Linkswende, die vor allem eine geistig-existentielle Wende war, versuchte ich noch alles mit meiner Mutter zu diskutieren. Es waren die Jahre des Dialogs und des Kollektivs. Daran glaubte ich und versuchte, die Regeln der Versammlungen auch zu Hause anzuwenden.

Solange ich bei ihr wohnte, noch ein paar Jahre

nach dem Abitur, suchte ich die Auseinandersetzung mit meiner Mutter, vielleicht wollte ich sie auch nur von meinen Ansichten überzeugen, wer weiß. Ich erinnere mich jedenfalls, dass wir bei jedem Mittag- und jedem Abendessen bis zur Erschöpfung diskutierten, ohne jemals einen Konsens zu finden, da wir mittlerweile in Bezug auf alles vollkommen unterschiedlicher Meinung waren.

DAS LETZTE MAL

Das letzte Mal sah ich meine Mutter zwei Wochen vor ihrem Tod.

Es war Ende Februar, wir hatten die Weihnachtstage gemeinsam verbracht, und da ich versuchte, sie etwa alle zwei Monate mit den Kindern zusammenzubringen, hatte ich sie überredet, sich von einem Fahrer in Ferrara abholen zu lassen.

Bis vor zwei oder drei Jahren war sie alleine nach Mailand gekommen, mit der Bahn, doch in letzter Zeit bereiteten ihr hohe Stufen große Mühe. Also hatte ich einen älteren Herrn engagiert, der hin und wieder nach Ferrara fuhr, um sie abzuholen und nach Mailand zu kutschieren, wenn wir nicht zu ihr kommen konnten.

Sie zu überreden war immer ein ziemliches Unterfangen, auch wenn sie eigentlich Lust hatte, fand sie stets tausend Hinderungsgründe. Entweder war es zu kalt, um zum Friseur zu gehen, und ohne ordentliche Frisur war an ein Kommen sowieso nicht zu denken, oder sie war nicht in der richtigen Stimmung, oder sie war zu müde, oder meine Einladung war ihrer Meinung nach nicht herzlich genug ausgefallen.

Es brauchte immer mehrere Telefonate und mehrere Tage, um sie zu überzeugen, in jedem Fall aber blieb sie, wenn sie denn kam, nie länger als zwei Nächte, dann wollte sie wieder nach Hause fahren. Es war für sie völlig undenkbar, bei uns in Mailand zu sein, wenn ich das Haus verließ und zur Arbeit ging: Sie wäre dann zu sehr *in Sorge*.

Also blieb sie immer nur Samstag und Sonntag, um allerspätestens Montag früh wieder abzureisen, noch bevor ich aus dem Haus ging.

Wenn sie ankam, überschüttete sie als Erstes die Kinder mit Geschenken. Die besorgte sie unter wachsenden Mühen, indem sie zu Fuß bis ins Zentrum von Ferrara lief. Den Mantel noch am Leib, wollte sie ihnen augenblicklich die Päckchen überreichen. Ich ärgerte mich darüber, weil sie nie den Moment abwartete, wenn es den Kindern am meisten Freude bereitete, sondern sofort ihrem ersten Impuls folgen musste, egal, ob das Mittagessen schon auf dem Tisch stand oder die Kinder gerade durch etwas anderes abgelenkt waren.

Dem ersten Impuls zu folgen war immer ihre Lebensregel gewesen, die ich am meisten kritisiert und unter der ich am meisten gelitten habe, auch wenn ich Spontaneität heute für ein hohes Gut halte. Aber Mama übertrieb es einfach. Ihre Impulse waren wichtiger als alles andere: ob es nun darum ging zu schreien oder ein Kind fast bis zum Ersticken abzuknutschen, mich dreimal anzurufen, während ich in einer Konferenz saß, oder ein Glas Wein zu trinken, obwohl sie gerade

Medikamente genommen hatte, die es ihr eigentlich verboten. Sie war nicht in der Lage, eine instinktive Regung zurückzuhalten, selbst wenn sie sich über die Konsequenzen, die der unpassende Moment mit sich brachte, bewusst war, seien es nun eine zurückgewiesene Umarmung, ein abgewürgtes Telefonat oder die roten Flecken im Gesicht, die das Glas Wein nach der Medizin bei ihr bewirkte.

Auch Geschenke kaufte sie übereilt und häufig unbedacht, vor allem seit Ludovico größer wurde und sie ihm immer noch Kleinkindsachen mitbrachte, mit denen er niemals spielen würde. Sie kaufte auch Kleider für die Kinder, die ich schrecklich fand, voller Aufschriften und Glitzer und dazu quietschbunt, doch die Kinder mochten sie und ziehen sie heute noch an.

In schlechten Zeiten redete sie bei ihren Besuchen kaum und starrte mit traurigem Blick vor sich hin. Bei Tisch, vor allem in Restaurants, besserte sich ihre Laune, danach fiel sie wieder in sich zusammen, die Mundwinkel sanken herab, und sie saß auf dem Sofa und blickte auf den Fernseher, ohne etwas zu sehen.

In guten Zeiten hingegen plauderte sie, war gebräunt, wollte bummeln gehen und mir etwas schenken, erzählte von ihren Bekannten und machte Witze.

Ihr Lieblingsthema bei anderen Leuten war meine Boshaftigkeit, vor der sie meine Freunde und Ehemänner warnte. *Dabei war sie immer so ein liebes Kind.* Wie aus heiterem Himmel umarmte sie mich dann und meinte, wie *schön, gut, tüchtig, nett, sympathisch und intelligent* ich sei – so wie ich es heute zu meinen Kindern sage –, und dass ich, *wenn sie mich mal wirklich brauchte, immer für sie da war.*

Ihre beste Zeit hatte sie im Sommer, den sie von Juni bis Ende September am Lido degli Estensi verbrachte. Wenn wir sie zu ihrem Geburtstag am 1. Juli dort besuchten, war sie schon braungebrannt, trug neue Sandalen und ein neues Strandkleid, die sie sich jedes Jahr direkt nach ihrer Ankunft auf einem Markt oder in irgendeinem Lädchen kaufte. Mit ihrer Statur und ihrer dunklen Hautfarbe konnte sie einfach alles tragen, und auch in den letzten Jahren, als sie schon sehr betagt war, fiel doch allen ihr aufrechter Gang auf: Den Rücken gerade und die Handtasche unter dem Arm geklemmt, zeigte sie eine Eleganz, in der ich ihr niemals gleichkam.

Wir brachten ihr ein Geschenk mit und gingen dann Fisch essen, was sie liebte, nach Comacchio oder Porto Garibaldi. Sie verdrückte raue Mengen von Heuschreckenkrebsen, Mies- und Jakobsmuscheln und vertrug deutlich mehr als ich und meine Schwester. Sie trank gern, ausschließlich Weißwein, und nach dem Essen einen Limoncello oder ein Wodka-Sorbet. Ihre favorisierten Desserts waren Crème Caramel und Zuppa inglese: Wenn diese auf der Karte standen, sagte sie nicht nein, egal, wie viel sie schon gegessen hatte.

Wir hatten Spaß bei diesen Ausflügen ans Meer: Die Kinder sahen Dinge, die es an den Orten, an denen wir Urlaub machen, nicht einmal im Traum gibt – Spielhöllen, Rikschas, aufblasbare Rutschen, bunte Schaukeln und einen riesigen Sandstrand statt der kümmerlichen Stein- oder Felsstrände, zu denen wir sie bringen.

Als Ludovico drei Jahre alt war, schickten wir ihn eine Woche im Juli in Begleitung einer Babysitterin zu ihr, während ich noch in Mailand arbeiten musste. Es war eine Katastrophe.

Mama hasste die Babysitterin, ein braves und ernstes Mädchen, dessen einzige Schuld war, weder Käse noch Tomaten zu mögen, und sie beleidigte sie auf tausend Arten. Daraufhin schickte ich ihn nie wieder zu ihr.

So war Mama immer, eine Sklavin ihres üblen Charakters: Einerseits erfreute sie sich nicht an ihren Enkeln, weil sie nicht in der Lage war, auf sie aufzupassen und ihre eigenen Bedürfnisse hinter denen der Kinder zurückzustellen, und andererseits jammerte sie, dass sie sie so selten sah.

Wenn wir dagegen alle zusammen waren und sie nicht für sie sorgen musste, strahlte sie vor Glück, umarmte sie immer wieder stürmisch, gab ihnen viel zu viel Geld und kaufte ihnen die üblichen Sweatshirts mit Aufschrift sowie sämtliche Spiele, Bälle, Heftchen und Dummheiten, die sie kriegen konnte.

Die Kinder waren begeistert von diesen Wochenenden am Meer bei der Nonna, vorausgesetzt, wir ließen sie niemals mit ihr allein. Denn sie ahnten, dass sie ein wenig verrückt war, nett, aber gefährlich. Sie mochten sie, blieben aber auf Distanz.

Mama konnte mit niemandem zusammenleben, nicht einmal mit ihrem Kater Alonzo, den sie wenig artgerecht an den Pfoten packte und auf die Veranda schleuderte, wenn sie ihn für die Nacht ausschließen wollte, andererseits wiederum mit Futter vollstopfte und unter ihren Zärtlichkeiten erstickte. Auch Alonzo hatte sie, *ohne hinzusehen*, bei sich aufgenommen: Es war Liebe auf den ersten Blick gewesen, als sie am Schaufenster einer Tierhandlung vorbeigekommen war. Sie erzählte uns, dass er in seinem Käfig, in dem er mit seiner Schwester hauste, hochgeklettert war und miauend nach ihr gerufen hatte. Und sie hatte nicht widerstehen können.

Alonzo hieß so zu Ehren einer Katze, die wir 1969 in Spanien während einer Sommerreise kennengelernt hatten. Wir waren nie bis Madrid gekommen, weil bei Saragossa der Kühler des Fiat 1500 zu rauchen begonnen hatte. Also waren wir an die Costa Brava gefahren, nach Tossa de Mar. Im Auto sangen meine Eltern im perfekten Einklang:

Bela burdela fresca e campagnola
daj occ' e dai cavel com e' carbòn,
da la boca piè rossa d'na zarzola
te t'sì la mi' passiòn.[1]

Und dann Papas Solo, eine Hommage an Spanien:

Valenza, t'è la panza totta granza,
che s'impeja un sulfanein.[2]

---

1 Schönes Mädchen, frisch und vom Land, mit Augen und Haaren so schwarz wie Kohle und dem Mund röter als eine Kirsche, du bist meine Passion.

2 Valencia, dein Bauch ist so faltig, dass man ein Streichholz an dir entzünden könnte.

In der Parkgarage des Hotels Tossa de Mar lasen wir ein Schild mit der Aufschrift: »Por favor tener el coche abierto«. Also ließen wir unser Auto wie erbeten offen, und sofort machte es sich dort eine dicke, rötliche Katze bequem, die wir spontan Alonzo tauften. Sie gefiel uns so sehr, dass wir sie am liebsten mit nach Italien genommen hätten, doch wir fürchteten die Empörung und Wutausbrüche Miciones, der mit Nonna Atala in Castello zurückgeblieben war.

Der ferraresische Alonzo bekam also von Mama seinen Namen in Erinnerung an die spanische Katze, die sie nie vergessen hatte. Aus ihm wurde ein bildschöner Kater mit wunderbaren blauen Augen, kugelrund und weit aufgerissen, die einen fast zu intensiv fixierten. Wegen dieses beunruhigenden Blicks und seines griesgrämigen Gehabes sagten wir zu Mama, er sei durch ihre Schikanen verrückt geworden und sie solle ihn zum Psychologen bringen, auch weil er zu viel fernsähe. Mama zuckte mit den Schultern und nannte uns *dämliche Küüühe*, er sei ganz normal, sie kümmere sich ja schon viel zu viel um ihn, er liebe sie und wir verstünden ihn nur nicht.

Wir verstanden ihn sehr wohl, wir bemitleideten ihn geradezu und nannten ihn *den Märtyrer*, weil er den ganzen Tag mit Mama zusammen war, die ständig auf ihn einschimpfte. Wenn sie nicht zankten, rollte er sich in ihrem Schoß zusammen, sie streichelte ihn dann und sprach mit ihm: »Wer weiß, wer deine Mama war«, »Bei wem wohl deine Schwester gelandet ist?«, »Sie war natürlich viel braver als du, ich hätte sie nehmen sollen«, »Wenn ich dich nicht aufgenommen hätte, armes Kerlchen, wie ginge es dir dann heute?«

»Besser!«, erwiderten wir im Chor, wenn wir diese Monologe mit anhörten. Er sah sie mit seinen großen runden Augen an, dankbar für die Worte und Zärtlichkeiten, kehrte dann auf seinen Platz auf dem Sofa zurück und starrte weiter wie traumatisiert auf den Fernseher. Mit Mama zu leben musste die Hölle sein. Nur Micione, ein Kater aus einer anderen Zeit, konnte das gut einundzwanzig Jahre überstehen.

Über Micione sagten wir immer, er sei trotz, nein wegen Mamas Nichtbeachtung derartig selbständig, dass er die Futterbüchsen im Notfall auch allein aufbekäme. Um ihn zu ärgern, riefen wir ihm samstags, wenn wir alle zusammen nach Castello fuhren, immer zu: »Micione, pack schon mal die Koffer.« Dann war er augenblicklich verschwunden und versteckte sich auf ungeahnte Arten: mal getarnt als Putzlumpen auf dem Boden, mal als Erde in einem Blumentopf auf der Terrasse, dann wieder als Läufer unter dem Schrank.

Bis vor kurzem hatte es zwei Familienkatzen gegeben, nämlich Janis, so genannt zu Ehren von Janis Joplin von meiner Nichte Silvia – die mit dem Eingeborenengehänge an den Ohrläppchen –, und die Katze Cassia, die ihre Schwester Annalena in Rom gefunden hatte. Süße Kätzchen, von denen es keine auch nur entfernt mit der Persönlichkeit meines Bruders Micione aufnehmen konnte, dem Stammvater.

Vielleicht schafft das ja Barack, die Tigerkatze, die wir vor ein paar Monaten aufgrund ihres traurigen Blicks in einem Laden außerhalb des Zentrums ausgesucht haben. Innerhalb einer Woche hat sich ihr trauriger Blick in ein ganovenhaftes Grinsen verwandelt: Die Katze scheint Charakter zu haben.

Unser schönster Aufenthalt bei ihr am Meer war der im September, wenn wir sie nach unserem und ihrem Urlaub besuchen fuhren. Der Septemberhimmel war klar, der riesige Strand mit den Sonnenschirmen fast leer, sie selbst braungebrannt und zufrieden mit ihrem Sommer, den sie größtenteils am Strand im regen Austausch mit ihren Schirmnachbarn verbracht hatte. Ansonsten war sie hin und wieder ins Kino gegangen oder allein in der Pizzeria unter ihrem Apartment eine Pizza essen. Sie hatte auch ein paar Freundinnen, doch die spielten Karten – was sie verabscheute –, deshalb blieb sie auch in der größten Mittagshitze lieber allein, obwohl ich und Donatella ihr ständig sagten, dass sie so in die Isolation steuere.

Häufig aß sie im Strandbad zu Mittag, einen Teller Nudeln oder frittierten Fisch, den sie immer bis auf den letzten Krümel leerte, obwohl sie die Portionen *wahnsinnig mächtig* und *völlig überteuert* fand, dazu trank sie manchmal noch ihr Glas Weißwein, selbst bei über dreißig Grad.

Meine Schwester frequentierte dasselbe Strandbad und versuchte *auf sie einzuwirken*, doch es war unmöglich: Sie setzte immer ihren Kopf durch, und es war nicht daran zu denken, sie zu etwas besonneneren Gewohnheiten zu überreden.

Manchmal zog sie bei den Strandnachbarn über Donatella her, um sich einzuschmeicheln und statt des Oma-Klischees ihre eigenwillige Persönlichkeit unter Beweis zu stellen, die sowieso jedem ins Auge fiel. Und tatsächlich fanden sie alle äußerst sympathisch. Auch zu ihrer Beerdigung kamen einige dieser Sonnenschirmbekanntschaften, mit denen sie ganze Sommer lang geplaudert hatte oder denen sie je nach Laune stumm zugehört hatte, ohne sich jemals Schutz vor der sengenden Sonne zu suchen.

Im September, wenn wir sie besuchten, sah sie aus wie ein Indianerhäuptling: dunkelbraune Haut, die Haare auch mit achtzig noch dunkel gefärbt und dazu ihr *Oberlehrerinnen-Blick*, wie Donatella und ich ihn nannten.

Sie war die Letzte, die den Lido verließ und nach Ferrara zurückkehrte, manchmal blieb sie bis Mitte Oktober am Meer.

Am Telefon beklagte sie sich dann: »Außer mir ist keiner mehr da, alles ist geschlossen, das macht mir Angst«, doch meine Schwester konnte sie nicht davon überzeugen zurückzukehren.

Solange Alonzo lebte, gab es noch das Problem, *wer die Katze nimmt*, denn wie Micione fuhr auch er höchst ungern Auto. Sobald er die Koffer sah, verkroch er sich augenblicklich unters Bett, und Stefano musste ihn fangen und ins Auto setzen, wo er dann die ganze Reise verzweifelt maunzte. Für Mama war das Problem, *wer die Katze nimmt*, so wie alle praktischen Fragen – das Zahlen der Gemeindesteuer, das Abheben ihrer Rente –, ein dramatisches, manchmal verzweifeltes Unterfangen, ein ermüdender Akt, den man am besten so lange wie möglich vor sich herschob.

Um ihre schrecklichen Spannungen vor einer Reise oder jeder anderen stresserzeugenden Situation abzubauen, schimpfte und zürnte sie mit uns, selbst wenn die Stressursache eine unserer Prüfungen war, ja dann besonders. Ich erinnere mich an die Keifereien, die unsere Examina oder jedes andere auch nur minimal fordernde Ereignis, unsere Hochzeiten inklusive, begleiteten, solange wir zusammenwohnten – aber auch noch später. Sie wurde wütend, schimpfte, ließ Dampf ab, um den Reisen, Prüfungen und Koffern anschließend weniger sorgenvoll begegnen zu können. Und obwohl wir den Mechanismus in- und auswendig kannten, fielen wir jedes Mal darauf herein und stritten mit ihr, um danach völlig erschöpft die jeweilige Prüfung oder Reise anzutreten.

Ich bin mir bewusst, dass ich heute zum gleichen Verhalten neige und mich solche Vorbereitungen, obwohl ich mich mehr unter Kontrolle habe als sie, nervös machen. Ich habe niemals richtig gelernt, mit Stress umzugehen. Oft setze auch ich noch eins drauf und werde krank oder zanke mit jedem, der mir in die Quere kommt.

Die Kinder versuche ich dabei zu verschonen. Zwar ist es normal, die Fehler der Eltern zu wiederholen, aber in meinem Fall wäre das einfach zu viel. Auch behalte ich, wenn sie unterwegs sind, meine Sorgen für mich und ermuntere sie dazu, zu reisen, allein Urlaub zu machen oder trotz aller Risiken im Meer zu baden, auch ohne Plastikhaube auf dem Kopf.

Das letzte Wochenende, als Mama uns in Mailand besuchte, war anders als sonst. Seit einigen Monaten hatte sich ihre Laune gebessert, sie war irgendwie heiterer, und ich weiß nicht, ob ich netter zu ihr war, weil sie nicht so aggressiv auftrat, oder umgekehrt.

Seit langem bemühte ich mich, jeden Morgen mit ihr zu plaudern und immer möglichst geduldig und liebevoll zu sein, und inzwischen fiel es mir leichter.

An diesem letzten Wochenende musste ich sie nicht lange bitten zu kommen. Sie sagte ohne ihre üblichen Einwände gleich zu.

Zum Mittagessen hatte ich meine Cousins Marco und Marinella eingeladen, die in Castel San Pietro wohnen, und Marinella hatte ein Blech Lasagne für Mama mitgebracht. Sie selbst kam kurz vor dem Essen an und überschüttete die Kinder wie üblich mit bedruckten Shirts und Glitzerhosen.

Es war ein fröhliches Mahl in der großen Küche der neuen Wohnung.

Auch Roberta war da, Marcos Verlobte, die Mama noch nicht kannte und auf die sie sehr gespannt gewesen war. Sie fand sie nett und erzählte Donatella nach ihrer Rückkehr nach Ferrara viel von ihr. Nach dem Essen fuhren die Cousins nach Hause, und Mama ruhte sich ein wenig auf dem Sofa aus, diesmal ohne hängende Mundwinkel.

Dann gingen wir mit den Kindern einen Bummel durchs Stadtzentrum machen. Doch die Knie taten ihr weh, und so kamen wir nur bis zu einem Schreibwarenladen unweit der Wohnung, in dem sie für Emilia bunte Haarklammern in Froschform fand.

Zum Abendessen aß sie eine riesige Portion Squacquerone, ihren Lieblingskäse, den Marinella aus Castel San Pietro mitgebracht hatte.

Was wir abends taten, weiß ich nicht mehr. Sie schlief in Emilias Zimmer, unter ihrem Hochbett, und am nächsten Morgen wachten sie gemeinsam auf.

Ich und Ludovico besuchten einen Antikmarkt, der einmal im Monat rund um die Navigli, die Mailänder Kanäle, stattfindet. Er ersteht dabei gerne Minerale und alte Zeitschriften, ich allerlei Firlefanz. Mama hingegen ging mit Emilia und Luca auf den Spielplatz hinter dem Haus, denn Emilia wollte ihr ein paar Kunststücke an den Ringen zeigen. Zum Mittagessen verabredeten wir uns in einem Restaurant bei den Navigli mit meiner Freundin Nicoletta und ihrem Vater, einem Architekten in Mamas Alter mitsamt seiner jungen Frau aus der Romagna. Mit ihr unterhielt sich Mama lange und langte dabei mit gewohnt gutem Appetit zu. Am Schluss bestellte sie sogar ein eindrucksvolles Schokoladendessert, was ich niemals gewagt hätte.

Nachmittags gingen Luca und ich eine Stunde aus, und sie blieb mit den Kindern allein zu Hause.

Ludovico erzählte uns bei unserer Rückkehr ganz aufgeregt, die Nonna habe sich auf das kleine Sofa in seinem Zimmer gesetzt, eine Art Puff, und sei dann nicht mehr hochgekommen, bis er sie mit Hilfe einiger Kissen wieder auf die Füße gestellt habe.

Er platzte beinah vor Stolz über diesen Zwischenfall, und ich konnte mir die Aufregung und Belustigung der Szene lebhaft vorstellen. Ich bin froh, dass ich sie allein gelassen habe und sie so dieses letzte Abenteuer miteinander erleben konnten.

Ich hätte den beiden häufiger dazu Gelegenheit geben sollen, auch gegen ihre Proteste. Sie hätten sicher ihren Spaß gehabt und die bizarre Nonna etwas besser verstanden.

Der nächste Morgen war ein Montag, und wir brachten Emilia gemeinsam in den Kindergarten.

Es war das erste Mal, dass ihre Nonna mitkam.

Langsam gingen wir die Allee entlang. Es war ein schöner sonniger Tag, und Emilia gab ihr die Hand. Im Kindergarten ließ ich Mama beim Pedell, um ihr die Treppen zu ersparen, und brachte die Kleine nach oben.

Als ich wieder hinunterkam, hatte er sie respektvoll in der Eingangshalle Platz nehmen lassen. Dort saß sie, auf dem einzigen Stuhl des ganzen Vorraums, die Handtasche auf dem Schoß, und betrachtete die hereinkommenden Mütter mit ihren Kindern. In diesem Moment muss sie sich sehr alt gefühlt haben.

Danach gingen wir in der Bar gegenüber einen Kaffee trinken, und ich stellte ihr ein paar Mütter von Emilias Freundinnen vor. Anschließend kehrten wir langsam nach Hause zurück.

Wir waren guter Dinge und nett zueinander, wie immer kurz vor dem Abschied, wenn wir versuchten, mögliche Risse der vorangegangenen Stunden zu kitten – die es dieses Mal allerdings nicht gegeben hatte.

Im Haus gingen wir nach oben ihre Tasche holen, die sehr leicht war, weil sie bis auf die Geschenke fast nichts eingepackt hatte, dann brachte ich sie wieder zur Haustür. Der Fahrer war schon da: ein Rentner namens Angelo, der Mama auf diesen Fahrten ins Herz geschlossen hatte und bei ihrer Beerdigung als Erster da war und heftig schluchzte.

Angelo ließ sie neben sich einsteigen und stellte ihre Füße auf ein Kissen, damit sie es bequem hatte.

Wir verabschiedeten uns mit zwei Küsschen, dann winkte ich ihr, bis sie verschwunden war.

Es war Montagvormittag. Zwei Montage danach, um Mitternacht, starb sie. Ich habe sie nicht mehr wiedergesehen außer auf dem Krankenhaustisch, ganz blau.

IN DEN SECHZIGERN GEBOREN

Ich bin in den Sechzigern geboren, meine Eltern Anfang des Jahrhunderts: er 1914 und sie 1923.

Die Gianna war fast vierzig, als sie mich *zur Welt brachte*. Vico fast fünfzig.

Damals war es nicht wie heute üblich, spät Kinder zu bekommen: Bei ihnen war es Zufall, wie fast alles im Leben, obwohl sie Kinder sehr gernhatten und es kein Neugeborenes gab, das sie nicht mit Komplimenten überhäuften und auf den Arm nehmen wollten. Papa nannte alle Kinder *Piretto*. Mich nannte er bis zu meinem zweiten Lebensjahr *kleiner Piretto* und *kleiner Dariotto*, meine Schwester hingegen *den Nanà*. Papa sagte immer, wie froh er sei, zwei Mädchen zu haben. Er fand es schade, dass wir älter wurden, und wenn wir schon groß werden mussten, sollten wir doch wenigstens ihn heiraten.

In der Schule hatte ich immer die ältesten Eltern, aber damals waren noch alle Eltern gleich: mehr oder weniger autoritär und mehr oder weniger Autoritätsperson.

Kinder von Achtundsechzigern habe ich erst als Erwachsene kennengelernt, und da begriff ich, dass sie anders sind als ich. Ob besser oder schlechter, weiß ich nicht, aber anders. Selbstsicherer, fauler, unbeschwerter. Sie waren Kinder vom Ende des 20. Jahrhunderts, ich hingegen vom Anfang: Ich bin mit dem biederen De-Amicis-Klassiker »Cuore« aus dem Jahr 1886 aufgewachsen, sie mit den Kinderbüchern des Linken Gianni Rodari.

Dazwischen – Welten, obwohl wir nur wenige Jahre auseinander sind.

Ich glaube, ich habe die schlimmstmögliche Erziehung überhaupt genossen: überängstlich, irrational und konservativ.

Mamas typisches Verhalten war es, erst einmal auszurasten, mich vielleicht sogar zu ohrfeigen, um dann voller Reue mit mir in die Stadt zu gehen und mir ein Geschenk zu kaufen.

Ich bin in der Überzeugung aufgewachsen, dass Liebe und Schmerz untrennbar miteinander verbunden sind: eine Prägung, die man nie mehr loswird, aber die ich versuche, nicht weiterzutragen. Ob es mir gelingt, weiß ich nicht.

Warum sagt dir als Kind niemand, dass deine Mama, selbst wenn sie mit den Augen rollt und schreit wie eine Verrückte, nicht wirklich verrückt ist und auch niemals verrückt werden wird, und dass auch du nicht so verrückt wirst wie sie? Jahrelang lebte ich in der Angst, dass meine Mutter den Verstand verlieren könnte, und ich mit ihr. Inzwischen weiß ich, dass eine gestresste und nervöse Mutter heulen und knurren und Ohrfeigen verteilen kann, ohne deshalb gleich verrückt zu werden.

Wie viele Ängste hätte ich mir erspart, wenn ich das früher begriffen hätte.

WÄRME

Trotzdem fand ich, dass ich eine schöne Kindheit hatte.

In all dem emotionalen Chaos herrschte dennoch Wärme, und es gab keinen einzigen Tag mit meinen Eltern, an dem ich diese nicht gespürt hätte.

Ich spüre sie immer noch, obwohl sie nicht mehr leben: Sie wärmt und erfüllt mich.

Als ich jung war, füllte ich die Einsamkeit als Tochter einer überängstlichen Mutter, indem ich jedes Buch auswendig lernte, das ich zu Hause fand. Die russischen und französischen Klassiker in Billigausgaben, die Mama zu Zeiten der Ca' Foscari gekauft hatte, waren noch immer im Umlauf. Davon verschlang ich hochzufrieden einen pro Tag.

Nachmittags, wenn sie sich von den Anstrengungen der Schule erholt hatte, machte Mama mit mir einen Schaufensterbummel.

Gegen Ende der sechziger Jahre gab es in Ferrara noch wenige Schaufenster, und so drehten wir stets dieselbe Runde zu den Kaufhäusern Upim und, wenn es geöffnet hatte, Coin, das im Vergleich zu Upim geradezu luxuriös wirkte.

Von unserem Haus bis ins Zentrum brauchte man eine Viertelstunde, wenn man zügig ging.

Ein Stückchen über die Via Darsena, dann Corso Isonzo, rechts in die Via Garibaldi und weiter bis zur Piazza dei Martiri mit der Kirche und den Marmorlöwen.

Es war derselbe Weg, den sie ihr Leben lang zum Supermarkt ging oder um mir einen Pulli zum Geburtstag zu kaufen, ein T-Shirt für die Enkel, einen Rock für sich, was ihr am Ende immer schwerer fiel, da es *einfach keine normalen Geschäfte mehr gibt*.

Unsere Wohnung lag im obersten Stock eines hässlichen Wohnhauses in der Via Darsena und bot einen wundervollen Ausblick auf den Kanal Volano. Es brauchte wirklich das ganze Ausmaß mangelnden Gespürs meiner Eltern, um ausgerechnet eine so hässliche Wohnung zu wählen, zu einem Preis, für den man damals eine Wohnung mit Ferrareser Terrakotta hätte kaufen können, deren Wert sich mit den Jahren verzehnfacht hätte.

Doch die Wohnung hatte eine große Terrasse – ideale Voraussetzung für die Schildkröte Geltrude, den Fisch Stefano und den Hund, den mein Vater wollte, bevor Micione in die Wohnung kam, welcher regelmäßig fast depressiv wurde, wenn Papa mit einem Hundewelpen auftauchte. Nach einigen Jahren unter Miciones Herrschaft verzichtete Papa schließlich auf einen Hund.

Er vergötterte Hunde, vor allem Bastarde. Je hässlicher sie waren, desto besser gefielen sie ihm, und er nannte sie allesamt *Giovanni*.

Immer, wenn er auf der Straße einen kleinen Bastard sah, rief er ihm ein freundliches »Hey, Giovanni!« zu, und das Tier sprang ihm auf den Arm, als habe es sein jahrelang vermisstes Herrchen wiedergefunden.

Donatella hat mir gesagt, dass meine Eltern bei meiner Geburt beschlossen, etwas Eigenes zu kaufen, und die Wahl hatten zwischen einer Wohnung in schöner Altstadtlage und der, die sie dann nahmen, etwas außerhalb, dafür aber mit großer Terrasse. Natürlich entschied sich Papa für Letztere, doch nur ein paar Jahre später setzten sie ihm ein anderes, höheres Haus direkt vor die Nase, so dass die Terrasse über die gesamte Länge zugemauert wurde.

Da die Terrasse nun verloren war, beschlossen sie, aus dem Raum zwei verglaste Veranden zu machen. Die eine wurde mein Zimmer, die andere Papas Büro. An die ehemalige Terrasse habe ich nur undeutliche Erinnerungen: durcheinander, mit Unmengen leerer Blumentöpfe und in der prallen Sonne. Die Schildkröte Geltrude ließ sich dort manchmal monatelang nicht blicken.

Ich habe ein Foto mit Micione als jungem Kater, wie er sich auf der Terrasse in einem mit Erde gefüllten Blumentopf zusammengerollt hat, mit ernstem Blick aus hellgrünen Augen und dichtem Fell, das in seinen letzten Jahren – er wurde stolze einundzwanzig –, kahl und struppig war.

Die Wohnung in der Via Darsena war klein, im Sommer heiß und im Winter kalt, doch voller Licht und Fröhlichkeit. Bis ich zehn war, habe ich glücklich auf dem gelbsamtenen Schlafsofa im Wohnzimmer genächtigt.

Es war schön, so zu wohnen, ein bisschen geschichtet. In der Küche zu essen, ohne Fernseher, und dann ins Wohnzimmer zu gehen und den Montagsfilm zu sehen, das Donnerstagsquiz, die Unterhaltungsshow am Samstag, den Sonntagsfilm.

Seit es die Glasveranden gab, schaute Papa nur noch hin und wieder fern, und war ansonsten *drüben*, um Bestellungen zu schreiben und seine Briefmarkensammlung zu ordnen. Wir drei sahen dagegen jeden Abend bis zehn Uhr fern und fuhren Micione an, wenn er seinen Schwanz vor Ugo Pagliais Gesicht im Kultfilm von der »Baronessa di Carini« rutschen ließ.

Jeden Nachmittag gegen fünf wiederum gingen Mama und ich Hand in Hand aus dem Haus. An mein Leben ab zwanzig bis heute erinnere ich mich nur vage, dafür sehe ich noch deutlich die Ritzen der Steinplatten auf der Piazza Municipio vor mir, die ich übersprang, um nicht draufzutreten, und dabei Mamas Hand umklammert hielt.

Wir kauften uns immer etwas in der Konditorei. Die Straßennamen Ferraras habe ich vergessen, nicht aber die der Pasticcerie: Unsere meistgeliebte hieß Covi, wo ich ein Stück Schokoladennapfkuchen aß, das Mama geheimnisvoll *die dunkle Scheibe* nannte.

Ich höre sie noch heute zur Verkäuferin sagen: *Einen Windbeutel mit Creme für mich und eine dunkle Scheibe für die Kleine.*

Den Namen hatte sie sich natürlich selbst ausgedacht. Der Kuchen wird in Wirklichkeit anders geheißen haben, aber das haben wir nie erfahren. Weder ich noch sie kamen je auf die Idee, danach zu fragen: Mama pflegte ihren ungenauen Blick auf die Welt.

Einmal, als wir von Ferrara nach Castello fuhren und in Sant' Antonio di Medicina zum Tanken anhielten, sprang Micione aus dem Auto, und wir stürzten alle vier los, um ihn zu suchen. Mama lief durch den ganzen Ort und fragte: *Haben Sie eine dunkelgrüne Katze gesehen?* Micione war graubraun mit hellem Bauch, aber sie blieb dabei, er sei *dunkelgrün*, und ließ sich einfach nicht davon abbringen.

Genauso wie sie eine Servierplatte *Flämin* nannte oder sagte, *da werde ich langsam fichsig* oder *du pickst mich*, wenn man sie ärgerte.

Einige Monate vor ihrem Tod habe ich aufgehört, sie zu *picken* oder *fichsig* zu machen, zum Glück.

Je älter sie wurde, desto weniger *blässlich* war ich für sie, und immer häufiger nannte sie mich *das schönste Mädchen auf der Welt, auch bei zweifacher Umkreisung. Es heißt, nur in Honolulu gebe es so etwas Schönes wie dich*, sagte sie zu mir, wie als ich noch ein Kind war.

Vor zwanzig Jahren war ich in Honolulu, bei einem Zwischenstopp auf dem Weg zu den Fidschi-Inseln. Ich war allein, schlief in einem Strandhotel und verbrachte einen schönen Tag am Meer, während ich auf den kleinen Flieger wartete, der mich nach Viti Levu bringen sollte.

Ganz sicher rief ich sie auch von dort aus an, aber ich weiß nicht, ob ich ihr sagte, dass ich in Honolulu sei und dass es hier keine schönen Mädchen gebe, nur dicke Hawaiianer und japanische Touristen.

Ich habe ihr vieles nicht gesagt, aber sie *spürte es* ja.

Ganz sicher hat sie gespürt, wie sehr ich sie geliebt habe, wie sehr ich sie immer noch liebe, wie sehr ich sie immer lieben werde.

Auch jetzt, wenn ich versuche, von ihr zu erzählen, muss ich mich vor ihr verteidigen, diesmal vor ihrer Abwesenheit.

Ich kann nicht lange an sie denken. Sie fehlt mir. Ich muss mit Worten Distanz schaffen, um die Emotionen in Schach zu halten.

Wenn ich nicht aufpasse und abgelenkt bin, überrollt mich ihre Abwesenheit wie eine warme Welle oder unerwartete Musik. Gedankenverloren versprühe ich etwas von dem Parfüm, das sie mir zu Weihnachten geschenkt hat, und plötzlich ist sie da. Mit ihrer gebräunten Haut, ihrer Sorge, ihrer Wärme, dem Duft ihrer Haut, ihren schwarzen Augen; sie ist da und überragt mich, umhüllt mich, nimmt mir den Atem, erfüllt mich.

ABSCHLUSS UND DANK

Das erste Kapitel *Erwachsene Waisen* erschien in der Wochenzeitung, für die ich arbeite. Der Herausgeber hatte vorsichtig bei mir angefragt, quasi schon in Erwartung einer Absage, die er, wäre seit Mamas Tod etwas mehr Zeit vergangen, aus Schamgefühl auch bekommen hätte.

Doch er fragte mich in dem Moment des ungezähmten Schmerzes, der einen, wie wenn man frisch verliebt ist, von nichts anderem reden und an nichts anderes denken lässt. Daher danke ich Luca Dini, denn ohne seine Intuition hätte es dieses Buch vielleicht nicht gegeben.

Der Artikel erschien, und ich bekam viele Leserzuschriften. In einer, an deren Absender ich mich nicht erinnern kann, wenn überhaupt einer dabeistand, hieß es plötzlich: »Schreib ein Buch, Daria.«

Das war der Satz, auf den ich gewartet hatte. Meinen ersten Roman hatte ich in der zweiten Klasse geschrieben, er hieß »Verlorene Illusionen« und handelte von zwei Verliebten, die sich in London verabredeten, um sich zu trennen. Ich hatte ihn 1968 zu Papier gebracht, und dann hatte er viele Jahre in Mamas berühmter

Schublade gelegen, zusammen mit ihrem Studienbuch, dem Abschiedsheft der Klassenkameradinnen aus der 3F und unzähligen Fotos. Dann verschwand er, wie die Briefe Brunettos, jenes Cousins, der durch den Biss eines tollwütigen Hundes impotent geworden war.

Es waren ohnehin nur neun Seiten.

Seit langem aber verspüre ich das Bedürfnis, über meine Familie zu schreiben, vielleicht schon seit damals, doch ich fand niemals den Mut. Ich danke dem unbekannten Leser, der mich dazu gebracht hat, es zu tun.

Bevor ich den Artikel über die »erwachsenen Waisen« an die Zeitschrift schickte, gab ich ihn meiner Schwester Donatella zu lesen und bat sie um ihr Einverständnis, über so intime Dinge zu schreiben. Ich fragte sie auch, ob er ihr gefiel oder sie ihn zu pompös und sentimental fand, worauf sie erwiderte, ich solle ihn veröffentlichen und einfach weiterschreiben, *ohne hinzusehen*, genau wie Mama mit ihrem Braten.

Von dem Tag an tauschten wir viele, viele E-Mails mit unseren jeweiligen genealogischen Entdeckungen, in einem *Rasen*, das uns monatelang mitriss.

Ich danke Donatella, der dieses Buch – das ich ohne sie nicht hätte schreiben können – gewidmet ist. Noch mehr als für das Buch danke ich ihr, dass es sie gibt.

Hör zu, Tella: Allein eine Schwester zu haben erscheint mir schon als ein großes Glück, doch eine Schwester wie dich zu haben ist eine Gnade. Über deine Witze habe ich Tränen gelacht und tue es immer noch. Ehrlich. Du hättest Komikerin werden sollen statt Lehrerin, aber dann würdest du wahrscheinlich niemals heiliggesprochen, wie du es anstrebst.

Siehst du, dass ich nicht geschrieben habe, was du befürchtet hast?

Ich habe zum Beispiel nicht erwähnt, dass ich als Kind heimlich in deinem Tagebuch stöberte und las, *ich habe Gu-Gu wie ein Pferd gezäumt und zum Kinderarzt gebracht*, keine Rede davon, wie unsere Eltern einmal weg waren und du mir eine Heidenangst eingejagt hast, als du dich hinter irgendwelchen Türen versteckt hast und dann hervorsprangst und brülltest: *Hier kommt nicht Tella, sondern ein Tiger!* Noch heute rufe ich das Gleiche und zucke vor Schreck zusammen, wenn zu Hause plötzlich jemand vor mir steht, so dass ich fast einen Herzinfarkt bekomme.

Und keine Rede davon, dass wir uns gegenseitig immer als *mächtig fett, Gelbwunder und bärtig* beschreiben und dass wir jedes Jahr sagen: *Dieses Mal ziehen wir am Strand aber keinen Badeanzug, sondern ein Strandkleid an.*

Was soll's, *ich werde es nicht mehr erleben.*

Der Erste, den ich fragte, ob das, was ich schrieb, gut sei oder nicht, war Raul. Ihm schickte ich das Kapitel *Micione, der Schwanz* und rechnete mit dem Schlimmsten, aber er antwortete verwundert, er fände es gut. Danke, Raul.

Doch Raul ist ein Freund, daher traute ich ihm nicht. Ich traue niemandem, der sagt, dass ich etwas gut mache, und nachdem ich nun von der Erst-Backpfeife-dann-Geschenk-Behandlung geschrieben habe, der ich als Kind ausgesetzt war, verstehe ich vielleicht auch den Grund.

Also suchte ich mir einen Leser, der den Ruf hatte, sehr anspruchsvoll und rücksichtslos zu sein, jemanden, den ich nicht richtig kannte und dem ich in der Vergangenheit sogar einmal Unrecht getan hatte. Wenn er es gut findet, sagte ich mir, kann ich vielleicht weitermachen.

Er sagte, ich solle weiterschreiben. Nicht nur das, er blickte in mich hinein, als sei er kein Lektor, sondern eine Hebamme oder ein Orakel, und sah dort, was selbst ich noch nicht wusste. Mein größter Dank, Antonio, gilt daher dir.

Danke auch an Gianni für die Bibliographie, die ich nicht benutzt habe, und an Professor Franco Curi, Spezialist für Corrado Govoni; danke an Alessandra, ernsthafte Leserin, an Rosaria für ihre große Unterstützung, an Adriano, der sämtliche Apostrophe zurechtgerückt hat, und an Giulia und Salvatore, die begeistert waren. Danke an Gabriella, die mir den Floh ins Ohr gesetzt hat, und vor allem danke an Marilena.

Danke an alle Verwandten, die ich erwähnt habe und die ich nicht erwähnt habe, in der Hoffnung, dass weder die einen noch die anderen unzufrieden sind über das, was ich geschrieben oder nicht geschrieben habe.

Und schließlich danke ich Luca.

Weil er mich auch als *Bestie und Egoistin* liebt.

INHALT

Erri De Luca

Der Tag vor dem Glück

Roman
ISBN 978-3-548-61070-2

»Geschichten sind wie Wasser, die in die Tiefe stürzen«: Mit der klaren, bildreichen Sprache des Südens erzählt Erri De Luca die Geschichte eines Waisenjungen, der im Schatten des Vesuvs erwachsen wird. Es ist zugleich eine Liebeserklärung an seine Stadt Neapel: an ihre morbide Schönheit und an ihre stolzen, freiheitsliebenden Bewohner.

»Ein einfaches, großes Buch.« *Gustav Seibt, Süddeutsche Zeitung*

»Eine ganz wunderbare, einzigartige Sprache ... flirrend schön, überraschend und weise.« *Denis Scheck, ARD druckfrisch*

List

www.list-taschenbuch.de

L458

Joan Didion

Wir erzählen uns Geschichten, um zu leben

ISBN 978-3-548-60891-4

Joan Didion erzählt von den Leitfiguren des American Dream wie Howard Hughes, Joan Baez oder John Wayne, vom Glanz Hollywoods und der Einsamkeit von Alcatraz, von der Aufbruchstimmung der sechziger Jahre und der Ernüchterung, die ihr folgte. Dabei gelingt es ihr, die amerikanische Wirklichkeit in unvergessliche Bilder zu fassen.

»Die beste Feder der amerikanischen Intellektuellen« *Der Spiegel*

List

www.list-taschenbuch.de

L452